# 큰 우튼의 대장장이

Originally published in the English language by HarperCollins Publishers Ltd. under the titles:

**Smith of Wootton Major**
© The Tolkien Trust 1967

Smith of Wootton Major fi rst published in Great Britain
by George Allen & Unwin 1967
Smith of Wootton Major 'Extended edition' fi rst published in Great Britain by
HarperCollinsPublishers 2005


The illustrations and typescript and manuscript pages are reproduced courtesy of the Bodleian Library, University of Oxford, from their holdings labelled: MS. Tolkien 6, fols. 98r, 99, 3r-v, 4r, 13r-v, 32r-v, 37r-v, 38r, 41-44r-v; and 10, fols. 48, 50, 51, 52, 53, 54, 55, 56, 58, 59 (2 images), 60 (detail)

# 큰 우튼의 대장장이

## 확장판

J.R.R. 톨킨 지음
벌린 플리거 엮음
폴린 베인스 그림
이미애 옮김

arte

## 일러두기

1. 이 책은 2015년에 출간된 『큰 우튼의 대장장이』를 우리말로 옮긴 것이다.
2. 외국 인명·지명·독음 등은 외래어표기법을 따르되, 레젠다리움 세계관과 관련된 용어의 경우 톨킨 번역 지침에 기반하여 역어를 결정했으며, 고유명사임을 나타내기 위해 의도적으로 띄어쓰기 없이 표기하였다.
3. 편명은 「」로, 책 제목은 『』로, 미술품명, 공연명, 매체명은 〈〉로 묶어 표기하였다. 또한 원문 체제에 맞춰 [ ]와 ( )를 구분하여 사용하였다.
4. 기출간 톨킨 문학선 도서를 인용한 경우 번역문을 일치하고 번역서 쪽수를 적었다. 그 밖의 도서는 원서 쪽수이다. 출간 연도는 모두 원서의 출간 연도이다. 『J.R.R. 톨킨의 편지들』(근간)의 경우 쪽수 표기를 편지 번호로 대체하였다.

# 철자법과 어법에 관한 주

나는 톨킨의 주와 논평, 원고를 옮기면서 의미와 명료함, 일관성을 추구하며 그 한도 내에서 가급적 원본 그대로 제시했다. 명백한 오식을 수정했고, 경우에 따라서는 일관성이 없더라도 톨킨의 철자와 어법, 구두점을 따르려 했다.

벌린 플리거

# 차례

# 서문

“이 글을 읽지 마세요! 아직은.”

이 명백한 경고로 톨킨은 출간될 예정이었던 조지 맥도널드의 『황금 열쇠』에 붙일 미완의 서문을 시작했다. 다소 장난기 어린 서문의 (그 전사본은 이 책에 수록되어 있다) 나머지 부분에서 분명히 드러나듯이, 서두에 적힌 이 글은 아동 독자에게 건넨 말이었다. 그렇지만, 아동 독자에게 말했든 성인 독자에게 말했든 간에, 톨킨의 말은 진심이었다.

그는 엮은이의 서문이 불필요한 방해라고 굳게 믿었다. 이야기와 독자 사이에 불가피하게 끼어들어서 이야기에 대한 첫인상에 영향을 미치기 때문이었다. 톨킨의 의견에 따르면, 독자와 이야기는 처음에 중재자 없이 얼굴을 맞대고 만나야 한다. 해설을 해 주거나 무엇에 관한 이야기인지 또는 어떻게 생각해야 할지를 독자에게 말해 줄 사람이 없어야 한다. 올바른 '서문'이라면 그야말로 '독자들이여, 『황금 열쇠』를 만나세요'여야 한다고 톨킨은 썼다. 이것에 대해 매우 확고한 의견을 갖고 있었기에 톨킨은 맥도널드의 이야기에 대한 서문을 쓰다가 중단했고 대신에 자기 이야기, 즉 여러분이 손에 들고 있는 이 작품, 『큰 우튼의 대장장이』를 쓰기 시작했다.

『큰 우튼의 대장장이』에 관해 할 말이 많고 톨킨이 직접 한 말도 많지만 그런 것들은 이야기를 위해서 뒤로 미룰 수 있다. 톨킨의 가르침에 따라서 나는 이 책의 서문을 이야기의 뒤에 넣었고 부록에 맞추었다. 이야기를 읽고 즐긴 후까지 그것을 읽지 말라. 대신에,

독자들이여, 『큰 우튼의 대장장이』를 만나세요.

벌린 플리거

# 큰 우튼의 대장장이

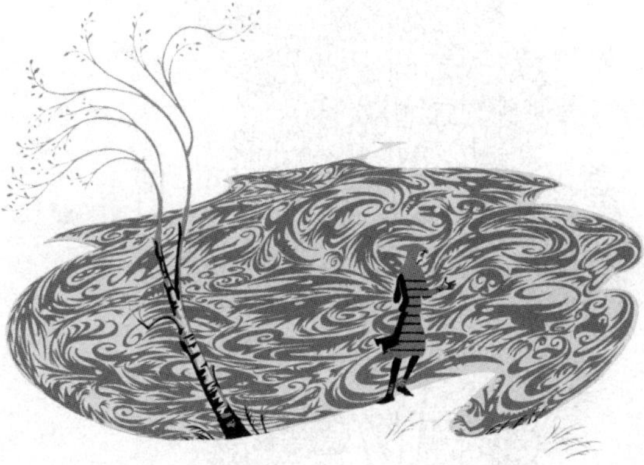

# 큰 우튼의 대장장이

옛날에 어떤 마을이 있었다. 오랜 세월을 기억할 수 있는 사람들에게는 그리 오래전도 아니었고, 다리가 긴 사람들에게는 아주 멀리 떨어진 곳도 아니었다. 그곳은 '큰 우튼'이라고 불렸는데, 몇 킬로미터 떨어진 숲속 깊숙이 자리 잡고 있는 '작은 우튼'보다 크기 때문이었다. 그렇다고 해도 아주 큰 마을은 아니었다. 비록 당시에는 번창하고 있었고 사람들이 꽤 많이 살았지만 말이다. 항상 그렇듯이 좋은 사람들과 나쁜 사람들, 그리고 어중간한 사람들이 뒤섞여 살고 있었다.

그 나름대로는 훌륭한 마을이었다. 재주가 많은 마을 일꾼들의 뛰어난 솜씨는 그 시골 근방에 잘 알려져 있었고 특히 요리 솜씨가 뛰어나기로 유명했다. 마을위원회에 딸린 커다란 부엌의 최고 요리사는 무척 중요한 인물이었다. 그 요리사의 집과 부엌은 그 마을에서 가장 크고 가장 오래되고 가장 아름다운 공회당 건물에 붙어 있었다. 좋은 돌과 참나무로 지어진 공회당 건물은 잘 보수되었다. 하지만 이제는 예전처럼 칠을 하거나 금박을 입히지는 않았다. 공회당에서 마을 사람들은 회의를 열고 토론을 벌였으며 공식 만찬이나 가족 모임을 열기도 했다. 그래서 요리사는 늘 바빴다. 이 모든 행사에 적합한 음식을 제공해야 했던 것이다. 일 년에 여러 차례 열리는 축제에는 맛있는 음식이 풍성하게 차려져야 적합하다고 여겨졌다.

모두들 기다려 마지않는 축제가 한 가지 있었는데, 겨울에는 그 축제밖에 열리지 않기 때문이었다. 그 축제는 일주일간 계속되었고 마지막 날 해가 질 무렵에는 '착한 아이들의 축제'라 불리는 흥겨운 놀이가 열렸다. 그 놀이에 초대받는 아이들은 많지 않았다. 의심할 여지 없이 실수로 인해 초대될 만한 아이들이 제외되기도 하고, 그렇지 못한 아이들이 초대되기도 했다. 그런 일을 주관하는 사람들이 아무리 신중을 기하려고 노력해도, 세상 돌아가는 방식이 워낙 그렇기 때문이다. 하지만 어떤 아이든 간에 '24 축제'

에 참석하려면 가장 문제가 되는 것은 생일이었다. 그 축제는 24년 만에 한 번씩 열렸고, 스물네 명의 아이만 초대되기 때문이었다. 이 축제를 위해서 최고 요리사는 최고의 솜씨를 발휘해야 했고, 여러 가지 훌륭한 요리 외에도 '큰 케이크'를 만드는 것이 관습이었다. 최고 요리사의 명성은 주로 이 케이크가 얼마나 탁월한지(또는 탁월하지 않은지)에 따라서 좌우되었다. '큰 케이크'를 두 번 만들 수 있을 정도로 오랫동안 그 직무를 맡는 최고 요리사가 혹시 있을 수 있을지 몰라도 거의 없었던 것이다.

✦

그런데 어느 날 갑자기 최고 요리사가 휴가를 내야겠다고 선언하자 사람들은 모두 놀랐다. 이전에는 그런 일이 없었던 것이다. 그리고 그는 가 버렸다. 어디로 갔는지는 아무도 몰랐다. 몇 달 후에 돌아왔을 때 그는 다소 달라진 듯이 보였다. 전에는 다른 사람들이 즐겁게 지내는 것을 보기 좋아하는 친절한 사람이었지만 그 자신은 진지했고 말이 거의 없었다. 그러나 이제 그는 더 명랑해졌고 아주 우스운 말과 행동을 종종 하곤 했다. 게다가 축제에서 유쾌한 노래를 불렀다. 그건 최고 요리사에게서 기대되는 일이 아니었다. 게다가 그는 도제를 데리고 왔는데 그 때문에 마을 사람들은 무척 놀라지 않을 수 없었다.

최고 요리사가 도제를 거느리는 것은 조금도 놀랍지 않았다. 그것은 언제나 있는 일이었다. 적절한 시기가 되면 최고 요리사는 도제를 한 명 선택해서 자신이 할 수 있는 요리를 모두 가르쳤다. 그리고 그들 둘 다 나이가 들어가면서 도제가 중요한 일을 점점 더 많이 떠맡았고 그리하여 최고 요리사가 은퇴하거나 죽으면 도제가 최고 요리사가 되어 그 직무를 떠맡았다. 그러나 이 최고 요리사는 도제를 두지 않았었다. 언제나 그는 "아직 시간이 충분하네"라거나 "나는 눈을 크게 뜨고 있어. 적합한 사람을 찾으면 선택하겠네"라고 말하곤 했다. 그런데 지금 조그만 소년을 데리고 온 것이었다. 그 소년은 그 마을 출신도 아니었다. 그 아이는 우튼의 소년들보다 더 몸이 유연하고 잽싸며 목소리는 부드럽고 아주 공손했다. 하지만 그 일을 맡기에는 우스꽝스러울 정도로 어려 보였고 겉보기에는 아직 십 대도 되지 않은 듯했다. 하지만 도제를 선택하는 것은 최고 요리사의 권한이었고, 어느 누구도 그것을 간섭할 권리가 없었다.

그래서 그 소년은 나이가 들어 자기의 숙소를 마련할 때까지 최고 요리사의 집에서 살았다. 이내 사람들은 주위에서 소년을 보는 데 익숙해졌고, 소년은 친구를 몇 명 사귀었다. 그 친구들과 요리사는 그를 앨프라고 불렀지만 다른 사람들은 그저 도제라고 불렀다.

✦

다음으로 놀라운 사건은 딱 3년이 지난 후에 벌어졌다. 어느 봄날 아침에 최고 요리사는 기다란 흰 모자를 벗고 깨끗한 앞치마를 개켜 흰 웃옷을 걸어 놓고는 단단한 물푸레나무 지팡이와 작은 가방을 들고 길을 나섰다. 그는 도제에게 작별 인사를 했다. 주위에는 아무도 없었다.

"이제 잘 있게, 앨프." 그가 말했다. "자네에게 일을 맡길 테니 최대한 잘 처리해 주게. 자네는 늘 아주 잘해 왔지. 모든 일이 잘될 거라고 생각하네. 다시 만나면 그 이야기를 모두 들려주게. 사람들에게는 내가 다시 휴가를 떠났다고 말해 주게. 하지만 이번에는 다시 돌아오지 않을 거라고."

사람들이 부엌에 왔을 때 도제가 이 소식을 전하자 마을에서는 꽤 큰 동요가 일었다. "어떻게 이럴 수 있어!" 사람들이 말했다. “예고도 없이, 작별 인사도 하지 않고 떠나다니! 최고 요리사 없이 우리더러 어떻게 하란 말이야? 대신 일할 사람을 남겨 놓지도 않았잖아.” 이렇게 왈가왈부하는 가운데 어느 누구도 어린 도제를 요리사로 임명하려는 생각조차 하지 않았다. 그는 조금 키가 자라기는 했지만 여전히 소년처럼 보였고, 일을 시작한 지 3년밖에 되지 않았던 것이다.

결국에는 더 나은 사람이 없었기 때문에 마을의 어떤 사람이 임명되었다. 그는 조촐한 요리는 충분히 잘 할 수 있었다. 어렸을 때는 바쁜 최고 요리사를 돕기도 했었다. 그러나 최고 요리사는 그를 마음에 들어 하지 않았고 도제로 삼으려 하지 않았다. 이제 아내와 아이들이 딸린 그는 돈을 신중히 관리하는 현실적인 사람이었다. “어떻든 그 사람이라면 아무런 예고도 없이 사라져 버리지는 않을 거야.” 사람들이 말했다. “형편없는 요리라도 아예 없는 것보다는 낫지. 다음 ‘큰 케이크’를 만들 때까지는 7년이 남았으니, 그때쯤 되면 그 사람이 어떻게든 해낼 수 있겠지.”

노크스—바로 그의 이름이었다—는 사태가 이렇게 돌아가자 무척 기분이 좋았다. 그는 언제나 최고 요리사가 되고 싶었고 자기가 잘 할 수 있다고 믿어 의심치 않았다. 얼마간 혼자 부엌에 있을 때면 기다란 흰 모자를 쓰고 반짝이는 프라이팬에 비친 자기 모습을 바라보며 혼잣말하곤 했다. "안녕하세요, 최고 요리사님. 그 모자가 당신에게 아주 잘 어울리네요. 당신을 위해 만들어진 것 같아요. 당신의 일이 잘 풀려 가기를 바랍니다."

✦

일은 원만히 잘 풀려 갔다. 처음에 노크스는 최선을 다했고, 도제가 그를 도왔던 것이다. 노크스는 절대로 인정하지 않았지만, 사실 그는 도제를 은밀히 곁눈질함으로써 많은 것을 배웠다. 하지만 시간이 흘러 '24 축제'를 열 때가 가까워지자 노크스는 '큰 케이크'를 어떻게 만들지 생각해야 했다. 속으로는 그 케이크 때문에 무척 걱정이었다. 7년간 훈련을 쌓은 결과 일상적인 연회에서는 그럭저럭 괜찮은 케이크와 파이를 만들어 낼 수 있었지만, 사람들이 '큰 케이크'를 열렬히 고대하고 있으며 아주 까다롭고 흠잡기 좋아하는 사람들도 만족시켜야 한다는 것을 알기 때문이었다. 아이들뿐이 아니었다. 잔치를 도와주러 온 사람들에게도 같은 재료를 사용하여 같은 방식으로 구운 작은 케이크를 나눠 주어야 했다. 또한 모두들 '큰 케이크'는 새롭고 놀라워야 하고 예전의 케이크를 그대로 답습해서는 안 된다고 생각했다.

그가 케이크에 있어서 중요하게 생각한 점은 아주 달콤하고 기름져야 한다는 것이었다. 그래서 케이크를 설탕 옷으로 완전히 덮어야겠다고 마음먹었다(도제는 당의를 입히는 데 뛰어난 솜씨가 있었다). 그러면 아주 예쁘고, 요정처럼 환상적으로 보일 것이다. 아이들의 취향에 대해서 그가 아는 것이라고는 요정과 달콤한 것 두 가지뿐이었다. 그는 아이들이 자라나면서 요정 따위를 벗어나기 마련이라고 생각했다. 하지만 그 자신은 아직도 달콤한 것들을 무척 좋아했다. "아, 요정처럼!" 그는 말했다. "그러고 보니 좋은 생각이 났어." 케이크의 한가운데 작은 뾰족탑을 만들고, 하얀 옷차림에 반짝이는 별이 달린 작은 막대기를 들고 있는 작은 인형을 꽂아야겠다는 생각이 들었다. 그 인형의 발치에 분홍색 설탕으로 '요정 여왕'이라고 쓸 것이다.

그러나 케이크 재료들을 준비하기 시작했을 때 '큰 케이크' 안에 무엇이 들어가는지 기억이 가물가물했다. 그래서 그는 이전 요리사들이 남긴 요리책을 몇 권 찾아보았다. 글자들을 알아볼 수 있는 경우에도 그 책들을 넘기면서 어리둥절해졌다. 그가 들어 보지도 못한 것들이 많이 언급되어 있었고, 어떤 것들은 잊어버렸거나 이제 구할 시간도 없는 것들이었다. 그러나 책에서 언급된 향료 한두 가지를 찾아보아야겠다고 생각했다. 그는 머리를 긁적이며 검은색의 낡은 상자를 기억해 냈다. 그 상자의 여러 칸 안에 바로 이전 요리사가 특별한 케이크에 쓸 향료들과 다른 재료를 보관해 두었던 것이다. 그는 최고 요리사가 된 이후로 한 번도 그것을 열어 보지 않았지만, 이제 한참 찾은 끝에 저장실의 높은 선반 위에서 그 상자를 발견했다.

그는 상자를 내려서 뚜껑의 먼지를 불어 냈다. 하지만 상자를 열어 보니 향료들이 거의 남아 있지 않은 데다 마르고 곰팡이가 피어 있었다. 그런데 구석의 한쪽 칸에 작은 별이 들어 있었다. 그것은 6펜스짜리 동전보다도 작았고 거무스레했다. 은으로 만들어졌지만 변색된 것 같았다. "이거 우스운데!" 그는 그 별을 빛에 비춰 보며 말했다.

"아니, 그렇지 않습니다!" 등 뒤에서 어떤 목소리가 들렸다. 너무나 갑작스러웠기에 요리사는 펄쩍 뛰었다. 도제의 목소리였는데, 전에는 그런 어조로 최고 요리사에게 말한 적이 없었다. 사실 도제는 노크스가 먼저 말을 걸지 않으면 거의 말을 하지 않았다. 젊은이에게 아주 타당하고 올바른 태도였다. 당의를 입히는 솜씨는 뛰어날지 모르지만, 아직 배워야 할 것이 많은 애송이였다. 노크스는 그렇게 생각했다.

"무슨 뜻인가, 젊은 친구?" 그는 그리 유쾌하지 않은 기분으로 말했다. "이게 우습지 않다면, 대체 뭐란 말인가?"

"그건 마술별fay입니다." 도제가 말했다. "요정나라에서 온 것입니다."

그러자 요리사는 껄껄 웃었다. "좋아, 좋아. 결국 같은 뜻이군. 그쪽이 마음에 든다면 그렇게 부르게나. 자네도 언젠가는 어른이 될 테니까. 자, 자네는 건포도 씨를 계속 발라내게. 혹시 우스꽝스러운 요정의 물건을 또 보게 되면, 내게 말해 주고."

"그 별로 무엇을 하실 겁니까, 최고 요리사님?" 도제가 물었다.

"물론 케이크에 넣을 거야." 요리사가 말했다. "이게 '요정의 물건'이라면, 특히나 잘 어울리겠지." 그는 낄낄거리며 웃었다. "자네는 아이들 파티에 가 보았겠지. 그리 오래전도 아닐걸. 아이들 파티에서는 이런 자질구레한 장신구들을 반죽에 넣지. 작은 동전이나 그런 것들 말이야. 어떻든 우리 마을에서는 그렇게들 하네. 아이들이 재미있어하거든."

"하지만 이것은 자질구레한 장신구가 아닙니다. 마술별이거든요." 도제가 말했다.

"이미 자네에게 들었네." 요리사가 퉁명스럽게 말했다. "좋아, 아이들에게 그렇게 말해 주지. 아이들이 웃음을 터뜨릴 거야."

"그렇지 않을 겁니다, 요리사님." 도제가 말했다. "하지만 그렇게 하는 것이 옳겠습니다. 아주 타당하고요."

"대체 지금 누구에게 말하는 줄 아나?" 노크스가 말했다.

때가 되자 케이크를 만들었고 구워서 당의를 입혔다. 그 일은 도제가 거의 도맡아 했다. "자네가 그토록 요정들에게 마음을 두고 있으니까, 요정 여왕을 자네가 만들도록 해 주지." 노크스가 그에게 말했다.

"좋습니다, 요리사님." 그는 대답했다. "너무 바쁘시면 제가 하도록 하지요. 하지만 그건 요리사님의 생각이지, 제 생각이 아니었습니다."

"생각하는 것은 내 임무야. 자네 임무가 아니고." 노크스가 말했다.

✦

축제일이 되자 그 케이크는 긴 탁자의 중앙에 놓였고 그 주위를 스물네 개의 붉은 촛불이 둥글게 에워싸고 있었다. 케이크의 윗부분은 작고 흰 산 모양으로 솟았고 그 비탈을 따라서 작은 나무들이 서리에 덮인 듯 하얗게 반짝거리며 서 있었다. 그 꼭대기에는 빛나는 자그마한 얼음 지팡이를 손에 든 작고 하얀 인형이 춤추는 눈의 처녀처럼 한 발로 서 있었다.

아이들은 눈을 크게 뜨고 그것을 보았고 한두 명은 손뼉을 치며 소리쳤다. "예쁜 요정처럼 보이지 않아?" 그 말에 요리사는 기분이 좋았지만, 도제는 불쾌해 보였다. 순서가 되면 도제는 칼을 갈아서 요리사에게 넘겨주고 요리사는 케이크를 자르기 위해 그들 둘 다 자리 잡고 있었다.

마침내 요리사는 칼을 들고 탁자로 다가섰다. "친애하는 여러분, 이 아름다운 설탕 옷 아래에는 맛있는 것들로 만들어진 케이크가 있어요. 그런데 멋진 물건들도 그 안에 섞여 있어요. 장신구들과 작은 동전들, 그런 것들 말이지요. 여러분의 케이크 조각에서 그것을 찾으면 운이 좋은 거예요. 이 케이크 안에 스물네 개가 들어 있어요. 그러니 여러분에게 각각 하나씩 돌아가겠지요. 요정 여왕께서 공평하게 나누어 준다면 말이에요. 하지만 요정 여왕이 항상 그렇게 하지는 않아요. 속임수를 잘 쓰는 작은 요정이니까요. 도제에게 물어보세요." 도제는 얼굴을 돌리고 아이들의 얼굴을 찬찬히 살펴보았다.

"아! 잊고 있었군요." 요리사가 말했다. "오늘 저녁에는 스물다섯 개가 있어요. 작은 은별도 들어 있으니까요. 특별한 요술별이에요. 도제가 그렇게 말했거든요. 그러니 조심하도록 해요. 여러분의 예쁜 앞니가 그 별 때문에 부러진다 해도 그 요술별이 이빨을 고쳐 주지는 않을 테니까. 하지만 그렇더라도 그걸 찾으면 특별히 운이 좋을 거예요."

그 케이크는 맛있었고 어느 누구도 흠잡을 수 없었다. 다만 아주 크지 않았다는 점이 흠이라면 흠이랄까. 케이크를 전부 잘랐을 때 아이들 모두에게 커다란 조각이 하나씩 돌아갔고 남은 것은 없었다. 되돌아온 것도 없었다. 케이크

조각들은 곧 사라졌고 여기저기에서 장신구나 동전이 발견되었다. 어떤 아이는 한 개를, 어떤 아이는 두 개를 찾았다. 몇몇 아이들은 아무것도 찾지 못했다. 케이크 위에 지팡이를 든 인형이 있든 없든 간에, 행운이 돌아가는 방식은 그러하기 때문이다. 그러나 케이크를 전부 먹었을 때 마술별은 흔적도 찾아볼 수 없었다.

"저런!" 요리사가 말했다. "그렇다면 그건 결국 은으로 만든 것이 아니었군요. 틀림없이 녹았을 겁니다. 아니면 도제의 말이 옳았나 보지요. 진짜 요술별이라서 그냥 사라져 버렸고 요정의 땅으로 되돌아간 모양입니다. 멋진 속임수는 아니었어요." 그는 능글맞게 웃으며 도제를 바라보았고, 도제는 전혀 미소를 띠지 않은 채 어두운 눈빛으로 그를 보았다.

✦

어떻든 간에 그 은별은 정말로 마술별이었다. 도제는 그런 물건을 착각할 사람이 아니었다. 실은 그 축제에서 어느 소년이 알지 못하는 사이에 그 별을 삼켜 버렸다. 자기 케이크 조각에서 은화를 찾아내서는 옆에 앉은 작은 소녀 넬에게 주고 난 다음이었다. 소녀가 자기 케이크에서 행운의 물건을 찾지 못해 무척 실망한 듯이 보였던 것이다. 때로 그 소년은 별이 어떻게 되었을까 궁금했다. 하지만 그 별이 자기에게 머물러 있으며, 느낄 수 없는 어떤 곳에 숨어 있다는 사실을 알지 못했다. 그 별이 하고자 했던 바가 바로 그런 것이었다. 그곳에서 별은 때가 될 때까지 오랫동안 기다렸다.

✦

그 축제는 한겨울에 열렸고 이제 6월이었다. 밤은 그리 어둡지 않았다. 소년은 동트기 전에 일어났다. 자고 싶지 않았기 때문이었다. 그의 열 번째 생일날이었다. 창밖을 내다보니 세상은 조용히 기대감에 차 있는 듯이 보였다. 선선하고 향기로운 산들바람이 잠에서 깨어나는 나무들을 살랑거리게 했다. 새벽이 되었고 멀리서 새들이 새벽 노래를 시작하는 소리가 들려왔다. 그 노랫소리는 그를 향해 다가오면서 점점 커졌고 마침내 그의 머리 위를 지나서 집 주위의 들판에 가득 퍼지더니 음악의 파도처럼 서쪽으로 지나갔다. 태양은 세상의 가장자리 위로 솟아오르고 있었다.

“요정나라를 연상시키는군.” 이렇게 말하는 자신의 목소리가 들렸다. “하지만 요정나라에서는 요정들도 노래를 부르지.” 그리고 그는 높고 청아한 목소리로 노래를 부르기 시작했다. 낯선 말로 노래했지만 자신이 익히 알고 있는 것 같았다. 바로 그 순간 그 별이 그의 입에서 떨어져 나왔고 그는 손을 벌려 그 별을 잡았다. 이제 그 별은 햇빛을 받아 밝은 은색으로 반짝이고 있었다. 하지만 날아가려는 듯 떨면서 약간 위로 솟구쳤다. 아무 생각 없이 그는 손으로 머리를 찰싹 쳤다. 그러자 그 별은 그의 이마 한가운데 머물렀고, 이후로 여러 해 동안 그는 그 별을 달고 다녔다.

주의 깊게 살펴보면 보이지 않는 것은 아니었지만, 그 별을 마을 사람들은 거의 알아차리지 못했다. 그 별은 그의 얼굴의 일부가 되었고 대개는 조금도 빛나지 않았다. 그 빛의 일부는 그의 눈으로 들어갔다. 그 별이 그에게 온 이후로 아름다워진 그의 목소리는 성장하면서 더욱더 아름답게 변해 갔다. 그저 “안녕하세요”라고 말할 뿐이더라도 사람들은 그의 말소리를 듣기 좋아했다.

그는 탁월한 일솜씨 덕분에 고향 마을뿐 아니라 인근의 여러 마을에서도 유명해졌다. 대장장이였던 아버지의 일을 물려받아 그는 기술을 더욱 발전시켰다. 그의 아버지가 살아 있는 동안에는 '대장장이의 아들'이라고 불렸지만 그 이후로는 그저 대장장이라고 불렸다. 당시에 먼동쪽과 서쪽 숲 사이의 대장장이로서는 그가 최고였기 때문이었다. 그는 쇠를 가지고 대장간에서 온갖 물건들을 만들 수 있었다. 물론 대부분은 평범하고 유용하며 쓸모 있는 일상적 물건들이었다. 농기구, 목수의 연장, 주방 도구와 단지와 팬, 쇠지레와 걸쇠와 경첩, 냄비 고리, 장작 받침쇠, 편자 같은 것들이었다. 그 물건들은 튼튼하고 오래갔으며 또한 다른 장점도 있어서 그 나름대로 볼품 있고 다루기 편리하며 보기에 좋았다.

하지만 시간이 있을 때면 그는 재미 삼아 아름다운 물건들을 만들기도 했다. 쇠를 가지고, 나뭇잎과 꽃이 달린 작은 가지처럼 가볍고 섬세해 보이지만 쇠의 강한 힘을 지니고 있고 때론 더 강해 보이는 놀라운 물건을 만들어 낼 수 있었다. 그가 만든 문이나 격자창을 지나는 사람이라면 거의 누구나 멈추어 서서 그것을 보고 감탄했다. 그 문이 일단 닫히면 누구도 빠져나갈 수 없었다. 이런 종류의 물건들을 만들 때면 그는 노래를 불렀다. 대장장이가 노래를 부르기 시작하면, 근처에 있는 사람들은 하던 일을 멈추고 대장간으로 몰려들어 그 노래를 들었다.

✦

대부분의 사람들이 그에 대해서 알고 있는 바는 그것이 전부였다. 사실 그것만으로도 충분했고, 그 마을에 사는 남자들과 여자들은, 심지어 재주가 있고 열심히 일한다 해도 그 정도를 이뤄 내기 어려웠다. 그러나 그것 말고도 그에 대해서 알아야 할 다른 사실이 있었다. 대장장이가 요정나라를 알게 되었고 그곳의 일부 지역을 누구보다도 잘 알게 되었다는 것이다. 노크스처럼 되어 버린 사람들이 너무 많았기에, 그는 아내와 아이들을 제외하고는 거의 누구에게도 이 사실을 밝히지 않았다. 그의 아내는 그에게서 은화를 받았던 넬이었다. 그의 딸은 낸이었고 아들은 '대장장이 아들 네드'였다. 어떻든 가족들에게는 그 비밀을 숨길 수 없었다. 때로 식구들은 그의 이마에서 빛나는 별을 보았기 때문이다. 그가 이따금 혼자서 긴 저녁 산책에서 돌아오거나 여행에서 돌아올 때 그랬다.

때로 그는 걷거나 말을 타고 길을 떠나곤 했다. 대체로

그것은 사업 때문이라고 여겨졌다. 그럴 때도 있었지만 그렇지 않은 때도 있었다. 아무튼 일거리를 주문받거나 무쇠와 목탄, 그리고 다른 물품을 사러 가는 것은 아니었다. 물론 그는 이런 일을 신중하게 처리했고, 속담에 나오듯 정직하게 한 푼 두 푼 모으는 법을 알고 있었다. 그러나 그는 요정나라에 자기 나름의 볼일이 있었고 그곳에서 환영을 받았다. 그 별이 이마에서 환히 빛나고 있었기에 그 위험천만한 나라에서 그는 누구보다도 안전했다. 작은 악들은 그 별을 피했고, 더 큰 악으로부터는 그 별이 그를 보호해 주었다.

그 점에 대해서 그는 감사했다. 오래지 않아 그는 현명해졌다. 경이로운 요정나라에 접근하려면 위험이 따르기 마련이고, 많은 악들에 도전하려면 어떤 인간도 휘두르지 못할 괴력을 지닌 무기 없인 불가능하다는 것을 알게 되었다. 그는 전사가 아니었고, 어디까지나 배우고 탐구하는 사람이었다. 시간이 지나면서 그는 자기가 사는 세계에서라면 위대한 이야기의 소재가 될 만큼 막강하거나 왕의 몸값을 치를 정도의 큰돈을 벌어들일 무기를 만들 수 있게 되었지만, 요정나라에서는 그런 것들이 별로 중요하지 않음을 알

게 되었다. 그래서 그가 만든 물건 중에 칼이나 창, 화살촉 따위는 전혀 찾아볼 수 없었다.

처음 요정나라에 갔을 때 그는 대개 아름다운 계곡의 숲과 풀밭에서 그리고 빛나는 물가에서 더 작은 종족들과 보다 온유한 무리들 사이에서 조용히 걸어 다녔다. 그 물가에 밤이면 낯선 별들이 빛나고 새벽녘이면 희미하게 비치는 먼 산의 봉우리들이 반사되었다. 몇 차례 짧은 방문에서는 오로지 나무 한 그루나 꽃 한 송이를 바라보며 지냈다. 그러나 이후 더 긴 여행에서는 아름답고도 무시무시한 것들을 보았다. 그것들이 그의 마음속에 깊이 간직되었지만 생생하게 기억할 수도, 친구들에게 전해 줄 수도 없었다. 그래도 어떤 것들은 잊히지 않았고 그의 마음속에 경이와 신비로움으로 남았으며 그는 이따금 그것들을 회상했다.

✦

처음으로 안내자 없이 멀리 나서게 되었을 때 그는 그 땅의 머나먼 경계를 알아내겠다고 생각했다. 그러나 거대한 산들이 그의 앞을 가로막았고, 멀리 산들을 돌아가자 이윽고 황량한 해안이 펼쳐졌다. 그는 '바람 없는 폭풍의 바다'

옆에 섰다. 눈 덮인 언덕 같은 푸른 파도가 '빛 없는 어둠'으로부터 긴 해안으로 소리 없이 굴러오고 있었고, 인간들에게 전혀 알려지지 않은 '암흑의 변경'에서 전투를 치르고 돌아오는 흰 배들을 실어 왔다. 거대한 배 한 척을 땅 위에 높이 밀어 올리는 것이 보였다. 물결은 아무 소리도 없이 거품을 내며 물러났다. 요정 선원들은 키가 크고 무시무시했다. 그들의 칼은 빛났고 창은 번쩍거렸으며 눈에는 꿰뚫는 듯한 빛이 어렸다. 갑자기 그들은 목청을 돋워 승리의 노래를 불렀다. 두려워 떨리는 마음으로 그는 납작 엎드려 얼굴을 땅에 묻었다. 그들은 그를 넘어 지나갔고 메아리가 울리는 산으로 사라져 버렸다.

그 후로 두 번 다시는 그 해안에 가지 않았다. 그는 자신이 바다로 에워싸인 섬에 있다고 믿었다. 그러고는 그 왕국의 중심으로 가려고 산악 지대로 마음을 돌렸다. 이처럼 방랑하던 중에 한번은 잿빛 안개가 몰려와 길을 잃고 오랫동안 어쩔 줄 모르고 이리저리 헤매기도 했다. 안개가 굴러가듯 사라진 후에 살펴보니 자신이 있는 곳은 넓은 평원이었다.

저 멀리 거대한 어둠의 언덕이 있었고, 그 그림자가 드리워진 뿌리에서 층층이 솟아오른 탑처럼 하늘로 치솟은 왕의 나무가 보였다. 그 나무는 한낮의 태양처럼 빛을 발했다. 헤아릴 수 없이 많은 이파리들과 꽃과 열매들이 동시에 달려 있는데, 그 나무에서 자라는 것들 가운데 어떤 것도 서로 같지 않았다.

✦

이후로 종종 그는 그 나무를 찾아보았지만, 다시는 볼 수 없었다. 한번은 외곽 산악 지대로 올라가면서 그 사이의 깊은 골짜기에 이르렀다. 바닥에는 호수가 있었다. 주위를 둘러싼 숲에서 미풍이 살랑거리고 있었지만 물결은 평온하고 고요했다. 그 골짜기에는 석양처럼 붉은빛이 감돌았지만 그것은 호수에서 올라온 빛이었다. 호수 위에 걸린 나지막한 절벽에서 그는 아래를 내려다보았다. 헤아릴 수 없을 정도로 무한히 깊은 곳까지 들여다보이는 듯했다. 기이한 불꽃 형체들이 바닷속 협곡의 거대한 해초들처럼 굽어지고 갈라지며 흔들리고 있었다. 그것들 사이로 불의 생명체들이 이리저리 움직였다. 경이로움에 사로잡혀 그는 물가로 내려가서 발을 담가 보려 했다. 그러나 그것은 물이 아니었다. 그것은 돌보다도 단단하고 유리보다 매끄러웠다. 그 위에서 발을 옮기다가 그는 꽈당 넘어졌다. 쿵 하고 울리는 소리가 호수를 가로질러 퍼져 나가 뭍에서 메아리쳤다.

갑자기 미풍이 일어 거센 '바람'으로 돌변하더니 거대한 짐승처럼 으르렁거리며 그를 휩쓸어 올려 기슭으로 던져 버렸다. 그러고는 그를 빙빙 돌리며 비탈 위로 몰아가다가 시든 이파리처럼 떨어뜨렸다. 그는 어린 자작나무 줄기를 팔로 휘감아 매달렸다. 그 '바람'은 맹렬하게 그들과 씨름하며 그를 떼어 내려 했다. 그러나 돌풍에 시달려 땅에 닿도록 구부러진 자작나무는 가지들로 그를 에워쌌다. 급기야 그 '바람'이 지나가자 그는 일어섰다. 헐벗은 자작나무가 보였다. 이파리가 모두 떨어져 버린 것이었다. 그 나무는 울었고 가지에서 눈물이 비처럼 떨어졌다. 그는 흰 나무껍질에 손을 대고 말했다. "자작나무에게 축복이 있기를! 어떻게 해야 네게 보상할 수 있을까? 아니, 감사의 마음을 전할 수 있을까?" 그는 나무의 대답이 그의 손끝으로 전해지는 것을 느꼈다. "아무것도 없어." 나무가 말했다. "가 버려! '바람'이 너를 사냥하고 있으니까. 너는 여기 속하지 않은 존재야. 가 버려. 그리고 다시는 돌아오지 마!"

골짝에서 올라오면서 그는 자작나무의 눈물이 자기 얼굴을 따라 흘러내리는 것을 느꼈다. 그의 입술에 닿은 눈물은 쓰디썼다. 먼 길을 따라 걸어가는 동안 그의 마음은 슬퍼졌고 얼마간 다시는 요정나라에 가지 않았다. 그러나 그는 떨쳐 버릴 수 없었다. 다시 돌아갔을 때, 그 땅의 오지로 깊이 들어가고 싶은 욕망은 더욱더 강해졌다.

✦

마침내 그는 외곽의 산들 사이로 난 길을 발견했고 계속 걸어서 내지의 산악 지대에 도달했다. 그곳의 산들은 높고 가파르며 위압적이었다. 하지만 결국 자기가 오를 수 있을 만한 고갯길을 찾아냈고, 며칠 동안 위험을 무릅쓰다가 어느 날 좁은 틈을 지나 아래를 내려다보게 되었다. 그가 알지 못했지만 그곳은 '영원한 아침의 골짜기'였다. 그곳의 초록 풀은 우리 세계에서 봄철에 돋아나는 풀보다 싱싱한, 요정나라 외곽 지대의 초록 풀밭보다도 푸르렀다. 공기가 너무나 투명해서 멀리 떨어진 계곡의 나무에 앉아 노래하는 새들의 붉은 혀가 선명하게 보일 정도였다. 계곡은 아주 넓었고 새들은 굴뚝새보다도 크지 않았지만 말이다.

산들은 안쪽으로 긴 비탈을 이루며 서서히 낮아졌고 폭포에서 이는 거품 소리가 사방에 울려 퍼졌다. 그는 큰 기쁨을 느끼며 서둘러 내려갔다. 골짜기의 풀밭에 발을 들여놓았을 때 요정들의 노랫소리가 들려왔고, 백합꽃들이 화사하게 핀 강가의 풀밭에서 춤추고 있는 많은 처녀들이 보였다. 쉴 새 없이 빠르고 우아하게 움직이는 그들의 동작에 매료되어 그는 둥글게 모여 있는 그들을 향해 발을 내디뎠다. 그러자 갑자기 그들은 춤을 멈추었고, 흘러내리는 머리칼에 세로 주름이 잡힌 치마를 입은 젊은 처녀가 앞으로 나와 그를 맞이했다.

그녀는 웃으며 그에게 말을 걸었다. "당신은 과감해지고 있군요, 별이마여! 여왕께서 이 사실을 아신다면 뭐라고 말씀하실지 두렵지 않나요? 여왕의 허락을 받지 않았다면 말이에요." 그는 당혹스러웠다. 갑자기 자기 마음속의 생각을 깨닫게 되었고, 그녀가 자기 생각을 읽고 있음을 알았기 때문이었다. 즉, 이마에 붙어 있는 별이 그가 원하는 곳 어디든지 갈 수 있다는 허가증과 다름없다는 생각이었다. 그런데 그렇지 않다는 것을 이제 알게 된 것이었다. 하지만 그

녀는 미소를 지으며 다시 말했다. "이리 오세요! 이미 왔으니까 나와 함께 춤추도록 해요." 그녀는 그의 손을 잡아 원 안으로 이끌었다.

거기서 그들은 함께 춤을 추었다. 잠시 그는 그녀에게 맞춰서 신속하고 힘차고 즐겁게 춤추는 것이 어떠한 느낌인지를 경험했다. 그러나 잠시 동안에 불과했다. 너무 빨리 중단되어 버린 듯했다. 그녀는 몸을 굽혀 발아래 흰 꽃을 뜯어서 그의 머리칼에 꽂아 주었다. "이제 안녕히! 아마 다시 만날 수 있을 거예요. 여왕께서 허락하신다면 말이지요." 그녀가 말했다.

그 만남 이후 집으로 돌아오는 여행길에 대해서는 아무것도 기억할 수 없었다. 갑자기 그는 자기가 사는 시골길을 따라 말을 타고 가는 자신을 의식하게 되었다. 어떤 마을에서는 사람들이 놀라워하며 그를 빤히 쳐다보았고 그가 멀어질 때까지 지켜보았다. 집에 도착했을 때 그의 딸이 뛰어나와 기뻐하며 그를 맞이했다. 그가 예상보다 일찍 돌아왔던 것이다. 하지만 그를 기다린 사람들에게는 사실 이른 시간이 아니었다. "아빠!" 딸이 소리쳤다. "어디 갔다 오셨어요? 아빠의 별이 환히 빛나고 있어요."

문지방을 넘어서자 그 별은 다시 어둑해졌다. 넬은 그의 손을 잡아끌어 난롯가로 데려갔다. 그러고는 몸을 돌려 그를 바라보았다. "여보, 어디 갔었어요? 무엇을 보았어요? 당신 머리에 꽃이 있군요." 그녀는 살그머니 그의 머리에서 꽃을 집어 자기 손에 올려놓았다. 그 꽃은 아주 멀리 떨어져 있는 물체처럼 보였지만 거기 있었다. 이제 저녁이 되어 점점 어두워지는 방의 벽 위에 그 꽃에서 나온 빛이 그림자를 드리웠다. 그녀 앞에 선 남자의 그림자가 불쑥 거대하게 떠올랐고 커다란 머리가 그녀의 몸 위로 숙여졌다. "거인처럼 보여요, 아빠." 그때까지 잠자코 있었던 그의 아들이 말했다.

그 꽃은 시들지도, 흐릿해지지도 않았다. 그들은 그 꽃을 비밀이자 보물로 간직했다. 대장장이는 그 꽃을 위해 열쇠가 달린 작은 상자를 만들었다. 상자 안에 든 그 꽃은 여러 세대에 걸쳐 그의 가족들에게 전수되었다. 그 열쇠를 상속받은 사람은 때로 상자를 열어서 그 '살아 있는 꽃'을 상자가 다시 닫힐 때까지 오랫동안 바라보곤 했다. 그것이 닫히

는 시간은 그들이 선택할 수 있는 것이 아니었다.

✦

마을에서도 시간이 정지하지 않고 흘러갔다. 이제 많은 사람들이 세상을 떠났다. 대장장이가 '아이들의 축제'에서 별을 얻었을 때 그는 채 열 살도 되지 않은 나이였다. 그러고 나서 또다시 '24 축제'가 열렸고, 그때 앨프는 이미 최고 요리사였으며 하퍼를 새로운 도제로 선택한 다음이었다. 그러고 나서 12년 후에 대장장이는 '살아 있는 꽃'을 가지고 돌아왔다. 이제 돌아오는 겨울에 또다시 '아이들의 24 축제'가 열릴 예정이었다. 그해의 어느 날 대장장이는 요정나라 외곽 지대의 숲속을 걷고 있었다. 가을이었다. 황금빛 이파리들이 가지에 매달려 있고 붉은 잎들은 땅에 떨어져 있었다. 발소리가 뒤에서 들려왔다. 그러나 그는 생각에 깊이 잠겨 있었기에 그 소리에 주의를 기울이지도, 돌아보지도 않았다.

방문하라는 부름을 받아 멀리까지 여행하고 돌아오는 길이었다. 지금까지의 어떤 여행보다 훨씬 더 길게 느껴진 여행이었다. 그는 안내를 받고 보호를 받았지만 자신이 지났던 길을 거의 기억할 수 없었다. 종종 안개와 그림자에 가려서 앞을 보지 못하다가 마침내 무수한 별들이 박힌 밤하늘 아래의 높은 지대에 이르게 되었다. 그곳에서 그는 여왕 앞으로 인도되었다. 여왕은 왕관도 쓰지 않았고 옥좌도 없었다. 그녀는 당당하고 영광스러운 모습으로 거기 서 있었고, 천상의 별들처럼 가물거리며 반짝이는 거대한 무리가 그녀의 주위를 둘러싸고 있었다. 그들의 기다란 창끝보다 높이 우뚝 서 있는 그녀의 머리 위에서 하얀 불꽃이 타오르고 있었다. 그녀가 그에게 다가오라는 신호를 보내자, 그는 떨면서 앞으로 나아갔다. 높고 청명한 나팔 소리가 울리자 보라! 그들 둘 외에는 아무도 없었다.

그는 여왕 앞에 섰고, 예의를 차려서 무릎을 꿇지도 않았다. 당혹스러운 마음에 그는, 자기처럼 비천한 사람은 어떤 예의를 갖춰도 하찮을 거라고 느끼고 있었다. 마침내 그는 고개를 들어 여왕의 얼굴을 바라보았다. 그녀의 눈은 진지하게 그를 굽어보고 있었다. 그는 불안하고 놀라운 감정에 압도되었다. 그 순간 그녀를 알아보았던 것이다. '초록 골짜기'의 아름다운 처녀, 발치에서 꽃이 돋아났던 그 춤추던 요정이었다. 그녀는 그의 기억을 보고 미소를 지었고 그에게 다가섰다. 그들은 함께 오랫동안 이야기했다. 대체로 말없이 대화를 나누는 가운데 그는 그녀의 생각에서 많은 것을 배웠다. 그중 어떤 것들은 그에게 기쁨을 주었고, 어떤 것들은 그를 슬프게 했다. 그러고 나서 그의 마음은 자신의 생애를 거슬러 올라가 '아이들의 축제'일과 별을 얻은 사건에 이르렀다. 지팡이를 들고 춤추던 작은 인형이 갑자기 떠올랐고, 부끄러운 마음에 그 아름다운 여왕에게서 눈길을 내렸다.

그러나 여왕은 '영원한 아침의 골짜기'에서 웃었던 것처럼 다시 웃었다. "별이마여, 나 때문에 슬퍼하지 말아요." 그녀가 말했다. "당신네 족속들 때문에 너무 부끄러워하지 마세요. 요정나라에 대한 기억이 아예 없는 것보다는 어쩌면 작은 인형이라도 있는 편이 낫겠지요. 어떤 이들에게는 단 한 번 흘끗 본 것이었을 테고, 어떤 이들에게는 깨달음이었겠지요. 그날 이후로 당신은 마음속에서 언제나 나를 보고 싶어 했어요. 그래서 나는 당신의 소망을 들어주었어요. 하지만 더 이상은 들어줄 수 없어요. 이제 작별하면서 당신을 내 사절로 삼도록 하겠어요. 만약 왕을 만나면, 그분께 이렇게 전하세요. '때가 되었어요. 그에게 선택하도록 하세요.'"

"하지만 요정나라의 여왕이시여." 그는 더듬거렸다. "왕은 어디 계십니까?" 그는 요정나라에서 여러 차례 이 질문을 던졌었다. 그러나 한결같은 대답이었다. "왕께서 말씀해 주지 않으셨습니다."

여왕이 대답했다. "그분이 당신에게 말하지 않았다면, 별이마여, 나도 말할 수 없어요. 하지만 그분은 여행을 많이 하시니까 예상치 않았던 곳에서 만나 뵐 수 있을 거예요. 자, 이제 의례를 갖춰서 무릎을 꿇으세요."

그는 무릎을 꿇었고 그녀는 몸을 굽혀 그의 머리에 손을 얹었다. 그러자 한없이 깊은 정적감이 그를 엄습했다. 그는 이 세상과 요정나라 두 곳에 있으면서 동시에 그 두 곳을 벗어난 곳에서 그곳들을 조망하는 듯했다. 그래서 상실과 소유와 평화로움이 동시에 느껴졌다. 잠시 후 그 정적감이 사라졌을 때 그는 고개를 들고 일어섰다. 하늘에 동이 트고 있었고 별빛은 희미해졌으며 여왕은 이미 사라져 버린 후였다. 멀리 산속에서 나팔 소리의 메아리가 들려왔다. 그가 서 있는 고지대의 들판은 고요하고 텅 비어 있었다. 이제 자기가 갈 길은 상실로 되돌아가는 것임을 그는 알았다.

✦

이제 여왕을 만난 곳에서 멀리 떨어진 곳에 이르러, 그는 자기가 보고 배운 것들을 곰곰이 생각하며 낙엽들 사이를 걷고 있었다. 발소리가 가까워졌다. 갑자기 옆에서 목소리가 들렸다. “나와 같은 길을 가는가, 별이마여?”

깜짝 놀란 그는 자기의 생각에서 빠져나왔다. 어떤 남자가 옆에 있었다. 키가 큰 사람이었는데 발걸음이 가볍고 재빨랐다. 그는 온통 암녹색 옷에 두건을 두르고 있었고 그 두건에 얼굴이 일부 가려져 있었다. 대장장이는 어리둥절했다. 그는 요정나라에서만 ‘별이마’라고 불렸던 것이다. 그러나 요정나라에서 이 사람을 본 기억이 없었다. 아마도 언젠가 본 적이 있을 거라고 불안한 마음으로 생각했다. “어디로 가십니까?” 그가 말했다.

“지금 자네의 마을로 돌아가고 있네.” 그 남자가 대답했다. “바라건대 자네도 돌아가는 중이겠지.”

“사실 그렇습니다.” 대장장이가 말했다. “함께 걸어가도록 하시지요. 그런데 지금 생각난 것이 있습니다. 집으로 돌아오는 여행을 시작하기 전에 위대한 여왕께서 제게 전갈을 맡겼습니다. 하지만 이제 곧 요정나라를 벗어나겠지요. 저는 아마 다시는 돌아오지 않을 겁니다. 당신은 어떻습니까?"

"나는 돌아올 거라네. 내게 그 전갈을 맡기게."

"하지만 그 전갈은 왕께 보내는 것이었습니다. 그분을 어디서 찾을 수 있을지 아십니까?"

"알고 있네. 그 전갈이 무엇이었나?"

"여왕께서는 왕께 이렇게만 전하라고 하셨습니다. '때가 되었어요. 그에게 선택하도록 하세요.'"

"알겠네. 더 이상 걱정하지 말게."

✦

그러고 나서 그들은 아무 말 없이 나란히 걸어갔다. 발치에서 낙엽들이 사각거리는 소리 외에는 어떤 소리도 들리지 않았다. 몇 킬로미터를 지나 아직 요정나라의 경계를 넘지 않았을 때 그 남자는 걸음을 멈추었다. 그는 대장장이 쪽으로 몸을 돌리고 두건을 뒤로 젖혔다. 그러자 대장장이는 그 남자를 알아보았다. 도제 앨프였다. 앨프가 젊은이였을 때 촛불 빛에 눈을 빛내면서 반짝이는 케이크 칼을 들고 회당에 서 있던 날을 언제나 기억하면서 대장장이는 마음속으로 그를 여전히 그렇게 불렀다. 이제 그는 분명 노인이 되었을 것이다. 그가 최고 요리사가 된 후로 오랜 세월이 흘렀기 때문이었다. 그러나 여기 외곽 숲의 처마 아래 서 있는 그는 더욱 당당해지긴 했어도 예전의 도제처럼 보였다. 머리에는 백발이 한 올도 없었고 얼굴에는 주름살이 전혀 없었으며 눈은 빛을 반사하듯 빛났다.

"자네의 나라로 돌아가기 전에 자네에게 하고 싶은 이야기가 있네, 대장장이의 아들 대장장이여." 그가 말했다. 대장장이는 그 말에 어리둥절했다. 자신도 종종 앨프에게 말을 하고 싶었지만 한 번도 그렇게 할 수 없었다. 앨프는 언제나 친절하게 그를 맞이하고 다정한 눈길로 그를 보았지만, 그와 단둘이 말하는 것을 피하는 것처럼 보였었다. 그는 지금도 다정한 눈으로 대장장이를 바라보고 있었다. 그러나 손을 들어 집게손가락을 그의 이마의 별에 댔다. 그의 눈에서 빛이 사라졌다. 그제야 대장장이는 그 빛이 별에서 나온 것이었으며, 분명 밝게 빛나던 빛이 이제는 희미해졌다는 것을 알았다. 그는 깜짝 놀라 화난 표정으로 뒤로 물러섰다.

“최고의 대장장이여, 자네는 이 물건을 포기할 때가 되었다고 생각하지 않는가?” 앨프가 말했다.

“그것이 당신과 무슨 상관입니까, 최고 요리사님?” 그가 대답했다. “그리고 제가 왜 그렇게 해야 합니까? 이것은 제 것이 아닌가요? 이것이 저에게 왔습니다. 그렇게 제게 온 것을 간직할 수 없습니까? 최소한 기념으로라도?”

“어떤 것들은 그렇지. 추억을 위해 자유로이 선물한 물건들 말일세. 그러나 그렇게 주어지지 않은 것들도 있네. 그런 물건은 한 사람에게 영원히 속할 수 없고 가보로 소중히 간직할 수도 없지. 빌려준 것이니까. 자네는 아마 이것이 다른 사람에게 필요할지도 모른다고 생각해 보지 않았겠지. 하지만 사실이 그렇다네. 시간이 촉박해.”

그러자 대장장이는 심란했다. 그는 베풀 줄 아는 사람이었고, 그 별이 자기에게 가져다준 모든 것들을 감사하는 마음으로 기억했던 것이다. “그러면 제가 어떻게 해야 합니까?” 그가 물었다. “이것을 요정나라의 위대한 분에게 갖다 드려야 합니까? 왕께 드려야 할까요?” 이렇게 말하는 동안 그의 마음속에는 이 일을 위해 한 번 더 요정나라에 갈 수 있으리라는 희망이 솟았다.

"내게 주면 되네." 앨프가 말했다. "하지만 그러는 게 자네에게 너무 힘겨울지 모르지. 나하고 저장실로 가서 자네의 할아버지가 그것을 넣어 두었던 상자에 다시 넣는 것이 어떻겠나?"

"그런 일이 있었는지 몰랐는데요." 대장장이가 말했다.

"나를 제외하고는 아무도 모른다네. 그와 함께 있었던 사람은 오직 나뿐이었으니까."

"그렇다면 조부님께서 어떻게 그 별을 얻었는지, 그리고 왜 그 상자에 넣었는지 아시겠군요."

"그분은 그것을 요정나라에서 가져왔네. 묻지 않아도 알 수 있겠지." 앨프가 대답했다. "그분은 자신의 유일한 손자인 자네에게 전해지기를 바라면서 남겨 두었네. 그분이 그렇게 말했지. 내가 그렇게 일을 처리할 수 있을 거라고 생각했으니까. 그는 자네 어머니의 아버님이지. 자네의 어머니가 그분에 대해 이야기를 많이 들려주었는지, 실은 그분에 대한 이야깃거리를 많이 알고 있었는지 어떤지는 모르네. 그의 이름은 라이더였지. 여행을 아주 많이 했고 많은 것들을 보았으며 많은 일을 할 수 있는 분이었네. 마을에 정착해서 최고 요리사가 되기 전에 말일세. 그러나 그분은 떠나 버렸고 그때 자네는 겨우 두 살이었네. 사람들은 그분을 계승할 사람으로 가엾은 노크스보다 더 나은 사람을 찾을 수 없었어. 하지만 우리가 기대했던 대로 시간이 흐르자 나는 최고 요리사가 되었네. 올해 또다시 큰 케이크를 만들 거라네. 내 기억으로는, 두 번째 케이크를 만든 최고 요리사는 처음이지. 나는 케이크 안에 그 별을 넣고 싶네."

"좋습니다. 드리지요." 대장장이가 말했다. 그는 앨프의 생각을 읽으려는 듯 그를 바라보았다. "누가 그 별을 갖게 될지 알고 계십니까?"

"그 일이 자네와 무슨 상관인가, 최고의 대장장이여?"

"최고 요리사님, 당신이 알고 계신다면 알고 싶습니다. 그걸 안다면 제게 그토록 소중한 물건과 헤어지는 것이 더 쉬울 겁니다. 제 딸의 아이는 너무 어리거든요."

"그럴 수도 있고 그렇지 않을 수도 있겠지. 두고 보세." 앨프가 말했다.

✦

그들은 더 이상 아무 말도 하지 않고 계속 길을 걸었다. 마침내 요정나라를 벗어나 마을로 들어섰다. 그들은 공회당으로 걸어갔다. 이곳에서는 막 해가 지면서 창문을 붉게 물들이고 있었다. 커다란 문 위에 붙인 도금 조각이 반짝거렸고, 지붕 밑의 방수관에서는 갖가지 색깔의 신기한 얼굴들이 아래를 내려다보았다. 공회당에 다시 판유리를 끼우고 페인트칠을 한 지 얼마 되지 않았고, 마을위원회에서는 그것에 대한 많은 논의가 있었다. 어떤 사람들은 그것을 싫어하고 '새로운 유행'이라고 불렀다. 하지만 견문이 넓은 사람들은 그것이 옛 관습으로 돌아가는 것임을 알고 있었다. 그래도 어느 누구도 동전 한 푼 내지 않았고 최고 요리사가 혼자서 그 비용을 모두 부담했으므로, 그가 마음대로 하도록 내버려 두었다. 대장장이는 예전에 석양빛을 받고 있는 그 건물을 본 적이 없었다. 그는 경이감에 사로잡혀 할 일을 잊고 멈추어 서서 공회당을 바라보았다.

앨프는 그의 팔을 잡고 건물을 돌아 뒤편의 작은 문으로 갔다. 문을 열고 대장장이를 이끌어 좁은 복도를 지나 저장실로 들어섰다. 그러고는 긴 양초에 불을 붙이고 찬장의 자물쇠를 열어 선반에서 검은 상자를 내렸다. 은빛 소용돌이 무늬로 장식된 상자는 이제 반짝거리며 윤이 났다.

그는 뚜껑을 열어 대장장이에게 보여 주었다. 작은 칸 하나가 비어 있었다. 다른 칸에는 신선하고 향긋한 향료들이 가득했다. 대장장이의 눈에 눈물이 고이기 시작했다. 그가 이마에 손을 대자, 별이 곧 떨어져 나왔다. 갑자기 찌르는 듯한 아픔을 느꼈고 눈물이 흘러내렸다. 별이 그의 손에서 다시 환하게 빛났지만 볼 수 없었다. 그저 아득히 멀리 떨어진 곳에서 전해진 현란한 빛의 희미한 잔영 같았다.

"앞이 잘 보이지 않는군요. 저 대신 별을 놓아주세요." 그가 손을 내밀었고, 앨프는 별을 받아 제자리에 놓았다. 그것은 다시 검은색으로 변했다.

대장장이는 말 한 마디 없이 몸을 돌려 더듬거리며 밖으로 나가는 길을 찾았다. 문지방에 이르자 다시 눈앞이 선명해졌다. 저녁이었고, 빛나는 하늘에서는 샛별이 달 가까이에서 반짝이고 있었다. 그 아름다움을 바라보며 잠시 서 있는 중에 어깨에 손길이 와 닿자 그는 돌아섰다.

"자네는 그 별을 아낌없이 주었지." 앨프가 말했다. "그 별이 어느 아이에게 갈지 지금도 알고 싶다면, 말해 주겠네."

"정말 알고 싶습니다."

"자네가 지명하는 아이에게 갈 걸세."

대장장이는 깜짝 놀라서 바로 답할 수 없었다. "글쎄요." 그는 주저하며 말했다. "제 선택에 대해 당신이 어떻게 생각하실지 모르겠습니다. 제 생각에 당신은 노크스란 이름을 좋아하지 않으실 테니까요. 하지만, 저, 그의 어린 증손자, 타운센드의 팀 노크스가 이번 축제에 올 겁니다. 타운센드의 노크스는 전혀 다르지요."

"나도 그걸 알고 있네." 앨프가 말했다. "그의 어머니가 현명한 사람이었지."

"네, 제 아내 넬의 동생입니다. 하지만 인척 관계는 별도로 하고, 저는 어린 팀을 사랑합니다. 비록 그가 의외의 선택이더라도 말이지요."

앨프는 미소를 지었다. "자네도 그랬다네." 그가 말했다. "하지만 나도 동의하네. 사실 나는 이미 팀을 선택했었지."

"그렇다면 왜 제게 선택하라고 하셨습니까?"

"여왕이 내가 그렇게 하기를 바랐으니까. 자네가 달리 선택했더라면 내가 양보해야 했을 걸세."

대장장이는 앨프를 한참 쳐다보았다. 그러고는 갑자기 몸을 깊이 숙였다. "이제야 알겠습니다." 그가 말했다. "당신은 저희에게 너무나 큰 영광을 베풀어 주셨습니다."

“나는 보답을 받았네.” 앨프가 말했다. “이제 평화로이 집으로 돌아가게.”

✦

대장장이가 마을의 서쪽 변두리에 있는 자기 집에 도착했을 때, 그의 아들은 대장간의 문간에 서 있었다. 그날의 일이 끝났기 때문에 방금 문을 닫아걸고 아버지가 여행에서 돌아올 때 걸어오던 하얀 길을 올려다보고 있었다. 발소리를 듣고 깜짝 놀라 몸을 돌린 그는 마을 쪽에서 올라오는 아버지를 보았다. 그는 달려 나가 아버지를 맞이했다. 사랑이 넘치는 환영의 몸짓으로 아버지를 그러안았다.

“어제부터 아버지를 기다렸어요.” 그가 말했다. 그러고는 아버지의 얼굴을 들여다보며 걱정스레 말했다. “무척 피곤해 보이시는군요. 아마 멀리까지 갔다 오신 모양이지요?”

“정말 아주 먼 길이었단다, 아들아. 새벽부터 저녁까지 길을 내리 걸었어.”

✦

그들은 함께 집 안으로 들어갔다. 난로에서 가물거리는 불빛을 제외하고는 어두웠다. 그의 아들은 촛불을 붙였고 잠시 그들은 아무 말 없이 불가에 앉아 있었다. 대장장이가 커다란 피로와 상실감에 젖어 있었기 때문이다. 마침내 그는 정신을 차리듯 주위를 둘러보며 말했다. “왜 우리 둘밖에 없지?”

아들이 그를 뚫어지게 바라보았다. “왜냐고요? 어머니는 작은 우튼의 낸의 집에 가셨으니까요. 어린 꼬마의 두 번째 생일이거든요. 아버지도 거기 참석하시기를 다들 바랐어요.”

“아, 그래. 거기 참석했어야 했는데. 거기 가려고 했는데 지체되었단다, 네드. 그리고 생각할 거리가 있어서 다른 것들은 모두 잠시 머릿속에서 지워지고 말았지. 하지만 톰네 아이를 잊은 건 아니었어.”

그는 가슴에 손을 집어넣더니 작고 부드러운 가죽 지갑을 꺼냈다. “그 애에게 줄 선물을 가져왔단다. 늙은 노크스라면 이것을 자질구레한 장신구라고 부르겠지. 하지만 이건 요정나라에서 온 거란다, 네드.” 지갑에서 그는 은으로 만든 자그마한 물건을 꺼냈다. 그것은 작고 매끄러운 백합 줄기처럼 보였고 윗부분에 예쁘장한 종처럼 고개를 숙인 섬세한 꽃송이가 세 개 달려 있었다. 그것은 정말로 종이었다. 그가 그것을 부드럽게 흔들자 꽃들이 작고 맑은 소리로 울렸다. 그 고운 소리에 촛불이 깜박거리다가 잠시 흰빛을 발했다.

네드는 놀라서 눈을 크게 떴다. "아버지, 봐도 돼요?" 그는 이렇게 말하고는 조심스럽게 그것을 받아서 꽃 속을 자세히 들여다보았다. "놀라운 물건이군요!" 그가 말했다. "그런데 아버지, 이 종에서 향기가 나요. 그 향기는 뭐랄까, 음, 무언가 잊었던 것을 연상시켜요."

"그래, 종이 울린 다음에 얼마간 향기가 나온단다. 하지만 겁내지 말고 만져도 괜찮아, 네드. 그건 아기들이 가지고 놀도록 만들어진 거야. 아기들이 다루어도 망가지지 않는단다. 그걸 가지고 놀아도 아기들에게 해가 없고."

대장장이는 그 선물을 다시 지갑에 넣었다. "내일 작은 우튼으로 직접 갖다주어야겠다." 그가 말했다. "낸과 톰 서방과 네 어머니가 어쩌면 나를 용서해 주겠지. 톰네 아이로 말하자면, 아직 그 애의 때가 되지 않았단다. 하루하루와…… 주週와 달月과 해年를 오랫동안 세어야지."

"맞아요. 아버지께서 가시는 게 좋겠어요. 저도 아버지와 함께 가면 좋겠지만, 시간이 좀 지나야 작은 우튼으로 건너갈 수 있을 거예요. 오늘은 아버지를 기다리지 않았더라도 갈 수 없었어요. 당장 해야 할 일도 많고, 일거리들이 더 많이 들어오고 있거든요."

"아니, 아니야, 대장장이의 아들아! 휴일을 축하하며 지내기로 하자! 할아버지라는 이름이 생겼다고 해서 내 팔이 조금이라도 약해진 건 아니거든. 일거리가 쏟아져 들어오라고 해라. 이제는 그 일에 매달릴 손이 두 쌍이나 있을 테니. 하루도 빼놓지 않고 일을 할 거고. 이제 나는 여행을 떠나지 않을 거란다, 네드. 긴 여행은 떠나지 않을 거야. 내 말 알겠지?"

"그렇게 됐어요, 아버지? 그 별이 어떻게 되었는지 궁금했어요. 괴로운 일이군요." 그는 아버지의 손을 잡았다. "아버지를 생각하면 안타까워요. 하지만 좋은 점도 있어요. 우리 집을 위해서 말이지요. 아시겠지만, 아버지께서 시간이 나면 제게 가르쳐 주실 것들이 아직 많으니까요. 그저 쇠를 가지고 하는 작업만을 뜻하는 것은 아니에요."

그들은 함께 저녁을 먹었고, 저녁 식사가 끝난 다음에도 오랫동안 식탁에 앉아 있었다. 대장장이는 요정나라에서의 마지막 여행에 대해서 그리고 마음에 떠오른 다른 것들에 대해서 말해 주었다. 그러나 다음에 그 별을 간직할 사람을 선택한 것에 대해서는 아무 말도 하지 않았다.

마침내 아들은 그를 바라보며 말했다. "아버지, 아버지가 꽃을 갖고 돌아오신 날을 기억하세요? 아버지가 그림자 때문에 거인처럼 보인다고 제가 말했지요. 그 그림자는 진실이었어요. 그래, 아버지와 춤을 추었던 요정이 바로 여왕이었군요. 하지만 아버지는 그 별을 포기하셨지요. 그 별이 아버지처럼 훌륭한 사람에게 가기를 바랍니다. 그 아이는 고마워하겠지요."

"그 아이는 알지 못할 거야." 대장장이가 말했다. "그런 선물을 주는 방식이 그렇지. 자, 이렇게 되었단다. 나는 그것을 넘겨주었고 망치와 부젓가락으로 돌아온 거야."

✦

참으로 이상한 일이지만, 자기 도제를 비웃었던 노크스 영감은 케이크에서 별이 사라진 일을 도무지 마음에서 지워버릴 수 없었다. 그 사건이 일어난 지 무척 오래되었지만 말이다. 그는 뚱뚱하고 게을러졌으며 60세가 되자 (그 마을에서는 고령이라고 할 수 없었다) 직책에서 물러났다. 이제는 80대 후반에 가까웠고, 엄청난 거구가 되었다. 여전히 무척 많이 먹었고 설탕을 몹시 좋아했기 때문이다. 대개 식탁에 앉아 있거나 아니면 자기 오두막 창가에 있는 큰 의자에 앉아서 하루하루를 보냈고 맑은 날이면 문 옆에 앉아 있었다. 그는 말하기를 좋아했다. 아직도 말하고 싶은 이야깃거리가 많이 있었던 것이다. 최근에는 자기가 만든 (지금은 그렇다고 확고하게 믿고 있는) '큰 케이크' 이야기를 주로 입에 올렸다. 잠이 들 때마다 그 케이크가 꿈에 나타났기 때문이었다. 도제는 이따금 들러서 한두 마디 이야기를 하곤 했다. 그 늙은 요리사는 아직도 그를 도제라고 불렀고 자기를 최고 요리사라고 불러 주기를 기대했다. 도제는 조금도 어긋남이 없이 그렇게 불러 주었고, 그것은 그를 좋게 봐 줄 만한 점이었다. 노크스가 더 좋아하는 다른 이들이 많았지만 말이다.

어느 날 오후 노크스는 저녁을 먹은 후 문 옆 의자에서 졸고 있었다. 그러다 깜짝 놀라 깨어나서는 옆에 서서 자기를 내려다보고 있는 도제를 보았다. "여어!" 그는 말했다. "자네를 보아서 반갑네. 그 케이크가 또 생각났었거든. 사실은 바로 지금 그걸 생각하고 있었네. 내가 만든 최고의 케이크였어. 대단했지. 하지만 자네는 잊었을지 모르겠군."

"아니요, 최고 요리사님. 잘 기억하고 있습니다. 하지만 무엇 때문에 걱정하십니까? 훌륭한 케이크였어요. 모두들 맛있게 먹고 칭찬했지요."

"물론. 내가 만들었으니까. 하지만 그게 걱정스러운 게 아니야. 그 작은 장신구, 그 별이 문제지. 그 별이 어떻게 되었는지 알 수 없어서 말이야. 물론 그건 녹지 않았을 테고. 아이들이 겁에 질릴까 봐 그렇게 말했을 뿐이지. 혹시 어떤 아이가 그걸 삼키지 않았을지 궁금했어. 하지만 그럴 가능성이 있을까? 작은 동전 하나라면 삼키고 알아차리지 못할 수도 있겠지. 하지만 별은 그렇지 않아. 작지만 뾰족하니까 말이야."

"그렇지요, 최고 요리사님. 그런데 그 별이 무엇으로 만들어졌는지 정말 아십니까? 그런 문제로 걱정하지 마세요. 누군가 그것을 삼켰습니다. 확실해요."

"그렇다면 누구 말인가? 이보게, 나는 기억력이 좋다네. 그리고 그날은 왠지 기억에 달라붙어서 떨어지질 않아. 나는 아이들 이름을 모두 기억해 낼 수 있어. 가만있자, 틀림

없이 방앗간네 몰리였을 거야! 그 여자애는 욕심이 많아서 음식을 꿀꺽꿀꺽 삼켰거든. 지금은 자루처럼 뚱뚱하지."

"그래요, 그렇게 되는 사람도 있지요. 하지만 몰리는 케이크를 그렇게 삼키지 않았어요. 자기 케이크에서 장신구를 두 개 찾았지요."

"아, 그랬어? 그렇다면 술장수네 해리였을 거야. 개구리처럼 큰 입에 맥주통처럼 배가 나온 아이였지."

"그 애는 친절하게 함박웃음을 짓는 좋은 소년이었다고 말씀드려야겠군요. 어쨌든 그 애는 아주 신중해서 케이크를 먹기 전에 조각조각으로 잘랐어요. 케이크 말고는 아무것도 발견하지 못했지요."

"그렇다면 그 조그마하고 창백한 여자아이, 포목상네 릴리였을 게 틀림없어. 그 애는 아기였을 때 핀을 삼키곤 했는데 아무런 탈도 나지 않았지."

"릴리가 아닙니다, 최고 요리사님. 그 애는 위의 장식과 설탕만 먹고 나머지는 옆에 앉은 소년에게 주었지요."

"그렇다면 포기하겠네. 그게 누구였나? 자네는 아주 세심하게 지켜보고 있었던 것 같군. 자네가 이걸 모두 꾸며낸 게 아니라면 말일세."

“대장장이의 아들이었습니다, 최고 요리사님. 그에게는 좋은 일이었지요.”

“계속해 보게.” 늙은 노크스는 웃음을 터뜨렸다. “자네가 내게 장난을 치고 있다는 걸 알았어야 했는데. 어처구니없는 소리 하지 말게. 그 당시 대장장이는 조용하고 굼뜬 소년이었어. 요새는 좀 소란스러워졌더군. 노래를 부른다던가, 그런 말을 들었네. 하지만 신중한 소년이었어. 위험을 무릅쓸 애가 아니지. 삼키기 전에 두 번씩 씹는다고. 언제나 그랬어. 내 말이 무슨 뜻인지 알겠다면 말이야.”

“압니다, 최고 요리사님. 글쎄, 그게 대장장이였다는 것을 믿지 않으신다면 저도 어쩔 도리가 없지요. 어쩌면 이제는 그리 중요한 문제도 아닙니다. 그 별이 다시 상자로 돌아왔다는 것을 알면 마음이 편안해지시겠어요? 여기 있습니다!”

도제는 암녹색 망토를 걸치고 있었다. 노크스는 그 옷을 이제 처음으로 알아차렸다. 도제는 옷 안쪽에서 검은 상자를 꺼내어 늙은 요리사의 면전에 펼쳐 놓았다.

“여기 구석에 그 별이 있습니다, 최고 요리사님.”

늙은 노크스는 기침과 재채기를 시작했지만 결국은 상자

속을 들여다보았다. "그렇군! 적어도 그것처럼 보이는군." 그가 말했다.

"바로 그것입니다, 최고 요리사님. 며칠 전에 제가 직접 거기 넣었으니까요. 올겨울에 '큰 케이크' 속에 다시 들어갈 겁니다."

"아하!" 노크스는 도제를 짓궂게 노려보며 말했다. 그러고는 온몸이 흔들리도록 웃어 댔다. "알겠어, 알겠다고! 스물네 명의 아이들과 스물네 개의 행운의 물건들, 그리고 그 별은 추가되었지. 그래서 자네는 케이크를 굽기 전에 그것을 살짝 빼냈고 다음번을 위해 간직하고 있었겠지. 자네는 항상 교활한 친구였어. 꾀가 많다고나 할까. 그리고 알뜰하지. 버터를 손톱만큼도 낭비하지 않으니까. 하하하! 바로 그렇게 한 거였군. 미리 짐작했어야 했는데. 자, 그 문제가 해결되었으니 이제 평화롭게 낮잠을 잘 수 있겠군." 그는 의자에 기대고 누웠다. "자네의 도제가 자네에게 속임수를 쓰지 않나 잘 살펴보게. 사람들이 말하듯이, 교활한 자라고 해서 속임수를 모두 다 아는 건 아니니까 말이야." 그는 눈을 감았다.

"잘 있으시오, 최고 요리사." 도제가 이렇게 말하며 딱 소리를 내고 상자를 닫자 요리사가 눈을 번쩍 떴다. "노크스, 당신은 아는 것이 너무 많아서, 내가 딱 두 가지만 당신에게 이야기했지. 그 별이 요정나라에서 온 것이라고 말했고, 그 별이 대장장이에게 갔다고 말했어. 당신은 나를 비웃었지. 자, 이제 헤어지면서 당신에게 한 가지 더 이야기해 주지. 다시는 비웃지 말게. 당신은 허영심이 많은 늙은 사기꾼이야. 뚱뚱하고 게으르고 비열하지. 당신이 해야 할 일들은 대부분 내가 했어. 그런데 고마워하지도 않으면서 당신은 내게서 배울 수 있는 것을 모두 배웠지. 요정나라에 대한 존중심이나 약간의 예의는 제외하고 말이야. 심지어 내게 작별 인사를 할 예의조차 없어."

"예의에 관해서라면, 자네의 연장자이자 더 높은 사람에게 욕을 해 대는 것도 예의가 없는 걸세. 요정이니 뭐니 하는 어처구니없는 이야기는 다른 데나 가서 하게. 자네에게 좋은 하루가 되기를. 이 말을 자네가 기다렸다면 말이야. 이제 가 버리게!" 그는 조롱하듯이 손을 휘저었다. "혹시 자네가 부엌에 요정 친구들을 숨겨 두었다면, 나에게 보내 주게. 그러면 나도 한번 구경해 보지. 만약 그 요정이 작은 지팡이를 흔들어서 나를 다시 날씬하게 만들어 준다면, 요정에 대해 더 좋게 생각해 보겠네." 그는 웃었다.

"자네는 요정나라의 왕에게 잠깐 시간을 내주겠나?" 상대방이 대답했다. 노크스에게는 경악스럽게도, 말을 하는 도제의 모습이 점점 더 커졌다. 그는 망토를 뒤로 젖혔다. 축제 때의 최고 요리사처럼 옷을 입고 있었지만 그의 흰 옷은 미광을 발하며 반짝거렸다. 그의 이마에는 찬란하게 빛나는 별처럼 커다란 보석이 붙어 있었다. 그의 얼굴은 젊지만 엄격해 보였다.

"노인이여." 그가 말했다. "적어도 자네는 내 연장자가 아니라네. 나보다 더 높은 사람이라고? 자네는 종종 내 등 뒤에서 나를 비웃었지. 이제 공개적으로 내게 도전할 텐가?"

그는 한 걸음 앞으로 내디뎠고 노크스는 떨면서 몸을 움츠렸다. 도와달라고 소리치려 했지만, 속삭이는 소리도 낼 수 없을 지경이었다.

"아니요, 선생님." 그는 목쉰 소리로 대답했다. "저를 어쩌시려고요! 저는 그저 불쌍한 노인네라고요."

왕의 얼굴이 부드러워졌다. "슬프게도 그렇다! 너는 진실을 말했다. 두려워하지 마라! 편안히 있어라! 하지만 요정나라의 왕이 떠나기 전에 뭔가 해 주기 바라지 않는가? 안녕히! 자, 잠들어라!"

그는 다시 망토로 몸을 감싸고 공회당 쪽으로 사라졌다. 그러나 그가 눈앞에서 사라지기도 전에 늙은 요리사는 희번덕거리던 눈을 감고 코를 골고 있었다.

✦

늙은 요리사가 다시 잠에서 깨었을 때는 해가 지고 있었다. 그는 눈을 비비고 몸을 부르르 떨었다. 가을날의 공기가 으스스했다. "우! 무슨 고약한 꿈이람! 틀림없이 저녁에 먹은 돼지고기 때문이었을 거야." 그가 말했다.

그날부터 그는 그런 악몽을 꾸게 될까 봐 너무 두려웠다. 그래서 속이 뒤집힐 것이 무서워 어떤 음식에도 감히 손대려 하지 않았다. 그러다 보니 식사가 아주 짧고 소박해졌다. 오래지 않아 그는 살이 빠졌고 그의 옷과 살갗은 겹겹이 주름이 잡혀 늘어졌다. 아이들은 그를 늙은 넝마와 뼈다귀라고 불렀다. 그러고 나서 얼마 지나자 그는 다시 마을을 돌아다니게 되었고 지팡이 말고 아무런 도움을 받지 않고도 걸어 다니게 되었다. 그는 그렇지 않았을 경우보다 몇 년 더 오래 살았다. 실제로 정확히 100년을 살았다고 전해진다. 그가 이룬 것으로는 유일하게 기억될 만한 사실이었다. 하지만 말년까지도 자기 말을 들으려는 사람 누구에게나 이야기를 늘어놓았다. "놀라운 일이라고 자네는 말할 테지. 하지만 생각해 보면 터무니없는 꿈이었어. 요정의 왕이라니! 글쎄, 마술 지팡이도 없었다니까. 그리고 먹는 것을 그만두면 마르기 마련이야. 그건 자연스러운 일이지. 이치에 맞는다고. 그런 건 마술이 아니야."

✦

'24 축제'를 열 때가 되었다. 대장장이는 그 축제에서 노래를 불렀고 그의 아내는 아이들을 돌보아 주었다. 아이들이 노래하고 춤추는 동안 대장장이는 그들을 바라보았고, 자기가 어렸던 시절의 아이들보다 훨씬 예쁘고 생기발랄하다고 생각했다. 잠시 그는 앨프가 여가 시간에 무엇을 할지 궁금해졌다. 아이들은 누구라도 그 별을 간직하기에 알맞아 보였다. 그래도 그의 눈길은 자꾸 팀에게 머물렀다. 다소 통통한 어린 소년이었고 춤추는 데 서툴지만 노래하는 듯한 고운 목소리를 가지고 있었다. 말없이 식탁에 앉아서 그 아이는 칼을 갈아 케이크 자르는 것을 지켜보았다. 갑자기 아이가 큰 소리로 말했다. “친애하는 요리사님, 제 조각은 작게 잘라 주세요. 벌써 너무 많이 먹어서 좀 배가 부르거든요.”

“알겠다, 팀.” 앨프가 말했다. “네게는 특별한 조각을 잘라 주지. 금방 소화될 거야.”

대장장이는 팀이 자기 케이크를 천천히, 하지만 분명 즐거워하면서 먹는 것을 지켜보았다. 케이크 안에서 장신구나 동전을 발견하지 못했을 때 그는 실망한 듯했다. 그러나 곧 그의 눈에서 빛이 비치기 시작했다. 아이는 웃고 명랑해졌으며 혼자서 조용히 노래를 불렀다. 그러더니 일어서서 이전에는 볼 수 없었던 독특하고도 우아한 동작으로 혼자 춤추기 시작했다. 아이들은 모두 웃으며 손뼉을 쳤다.

‘자, 모든 일이 잘되었어.’ 대장장이는 생각했다. ‘그래, 네가 내 후계자란다. 그 별이 너를 어떤 신기한 곳으로 이끌어 갈지 궁금하구나. 가엾은 노크스 영감. 자기 집안에 얼마나 충격적인 사건이 일어났는지 그는 절대 알지 못하겠지.’

✦

노크스는 결코 알지 못했다. 그러나 축제에서 그를 아주 기쁘게 만든 사건이 일어났다. 축제가 끝나기 전에 최고 요리사는 아이들과 거기 참석한 사람들 모두와 작별했다.

"이제 작별 인사를 해야겠어요." 그가 말했다. "하루 이틀 내로 나는 떠날 겁니다. 하퍼가 인계받을 준비를 모두 갖추었어요. 그는 무척 훌륭한 요리사입니다. 아시다시피 그는 여러분 마을 출신이지요. 나는 고향으로 돌아갈 겁니다. 당신들은 나를 그리워하지 않겠지요."

아이들은 요리사에게 쾌활하게 작별 인사를 했고 그 아름다운 케이크에 대해 고맙다는 말을 귀엽게 늘어놓았다. 오직 어린 팀만이 그의 손을 잡고 조용히 말했다. "섭섭해요."

사실 그 마을에는 얼마간 앨프를 그리워한 가족들이 있었다. 그의 친구들 몇 명, 특히 대장장이와 하퍼는 그가 떠나자 슬픔을 느꼈고, 앨프를 기억하기 위해 공회당에 금박을 입히고 페인트칠을 해서 건사했다. 그래도 대부분의 사람들은 만족할 따름이었다. 그들은 상당히 오랜 기간 그를 보아 왔기 때문에 변화를 유감스러워하지 않았다. 하지만 늙은 노크스는 쿵 소리가 나도록 지팡이로 바닥을 내리치며 거침없이 말했다. "마침내 갔다고! 내게는 즐거운 일이네. 그를 조금도 좋아하지 않았거든. 교활한 작자였어. 너무 꾀가 많다고나 할까."

# 갤러리

조지 앨런 앤드 언윈 출판사는 『큰 우튼의 대장장이』를 하드커버로 1967년에 처음 출간했고, 1975년에 페이퍼백으로 (더 짧은 작품 「니글의 이파리」와 「베오르흐트헬름의 아들 베오르흐트노스의 귀향」과 함께) 다시 출간한 후, 1980년에 새로운 시문선 『시와 이야기』에 넣어 세 번째로 발간했다. 『큰 우튼의 대장장이』의 삽화를 그렸던 폴린 베인스는 새 판본을 위해 원래의 전면 펜화를 다시 그렸고 세세한 묘사를 덧붙여 더 낫게 만들었으며 두 페이지 크기의 그림 두 장을 한 페이지 그림으로 다시 만들고 요정 선원들의 그림에서는 구도를 완전히 수정했다. 원래의 그림들은 본문의 이야기를 따라가며 실려 있고, 다시 그린 그림들은 여기에 실었다.

# 결문

이 책의 뒤쪽에 실린 복사본 한 장은 첫 번째 원고에서 뽑은 것이다. 검은색 잉크로 타자 친 원고를 톨킨은 두 번 수정했는데 한 번은 푸른색 만년필로, 또 한 번은 붉은색 볼펜으로 겹쳐 썼기에 서로 구별된다. 원고를 보고 판단하자면, 푸른색 잉크로 수정한 부분 위에 붉은 잉크로 쓴 부분이 간간이 나오는 것으로 보아 붉은색으로 고친 부분이 나중에 수정한 것이다. 이처럼 여러 번 겹쳐 쓴 원고를 검토하면서 우리는 작가의 창조적 영감이 처음 분출했을 때부터 수정하고 정교하게 다듬은 일련의 단계를 재구성할 수 있다. 그러므로 이 복사본은 전체를 보여 주는 일부로서, 마을 요리사와 그의 케이크에 대한 최초의 착상에서부터 인물과 상황의 발달을 거쳐 최종적 이야기까지 발전하는 톨킨의 생각을 보여 준다.

「큰 우튼의 대장장이」는 J.R.R. 톨킨의 마지막 단편 소설이었고 또한 생전에 마지막으로 출간된 작품이었다. 이 작품은 다른 단편들—「로버랜덤」, 「햄의 농부 가일스」, 「블리스 씨」는 1920년대와 1930년대에 집필되었고 「니글의 이파리」는 1943년에 집필되었다—보다 오랜 시간이 지난 1964년에 시작되었는데, 이때쯤 그의 걸작 『반지의 제왕』은 출간된 지 10년이 지났고 평생에 걸쳐 작업한 '실마릴리온' 신화는 서서히 마무리되고 있었다. 이 단편을 집필하기 시작했을 때 톨킨은 72세였고, 1967년에 출간되었을 때는 75세였다. 그러므로 이 이야기는 젊은 시절이나 중년 시절의 풍부하고 활기 넘치는 상상력의 산물이라기보다는 원숙한 경험과 성찰의 산물이었다. 이 작품에서는 「로버랜덤」의 모험적인 장난기나 「농부 가일스」의 활기찬 반어적 유머, 「블리스 씨」의 무모한 활력, 또는 「니글의 이파리」의 초월적 비전과 숭고한 행복한 결말을 찾을 수 없다.

다른 세계를 여행하는 대장장이, 장인에 대한 이 이야기는 톨킨이 요정나라Faërie—또는 Fairy, Fayery, Faery. 철자는 다양하지만 그 개념은 변함이 없었다—라고 부른 상상력의 세계에 바치는 경의의 표현이다. 또한 「대장장이」는 그가 그 세계를 최종적으로 더없이 순수하게 흔들림 없이 제시한 작품이고, 그곳을 여행하는 사람에게 미치는 영향을 그린 작품이다. 따라서 이 이야기는 톨킨이 1939년의 강연 에세이 「요정이야기에 관하여」에서 개진한 이론적 개념을 상상을 통해 구현한 것이다. 그 강연에서 톨킨은 명백하지만 종종 간과된 사실, 즉 요정이야기는 요정에 관한 것이 아니라 "'위험천만한 왕국'이나 그 어둑한 변경에서 벌어지는 인간들의 '모험'"을 다룬다고 애써 지적했다.

톨킨은 요정들이 아주 작고 앙증맞은 존재라는 대중적인 오해에 맞섰다. 또한 요정의 땅이 정교하고 예쁘장한 곳이고 인간사에 견주어 볼 때 하찮은 것이라는, 마찬가지로 잘못된 개념에 대해서도 맞섰다. 그는 그런 속설과는 정확히 반대로 주장하며 요정나라는 "위험천만한 곳으로, 그 안에는 부주의한 이들이 빠지는 함정이 있고 무모한 이들이 갇히는 지하 감옥도 있다"라고 선언했다. 이어서 "그 세계를 여행했던 것을 행운이라고 여길 수는 있겠지만, 이를 보고하려고 하는 여행자는 바로 그 세계의 풍요로움과 낯섦 때문에 말문이 막히게 된다. 그 세계에 들어가 있는 동안은 너무 많은 질문을 하는 것도 위험하다. 자칫 문이 닫히고 열쇠를 잃어버릴 수도 있기 때문이다"라고 썼다. '위험천만한perilous'이라는 단어를 반복해서 사용함으로써 톨킨은 그 생각을 매우 진지하게 받아들인다는 것을 보여 준다.

「큰 우튼의 대장장이」는 요정이야기에 관한 에세이에서 설명한 것, 즉 요정의 땅에서 인간이 겪는 모험과 그 땅에 내재한 위험 및 경이로움을 경험하도록 독자들을 초대한다. 방심하고 때로 지나치게 대범한 대장장이는 위험과 함정에 맞닥뜨리지만 그럼에도 불구하고 요정나라(Faery. 이야기에서 사용된 철자)에서 이리저리 거닐었던 자신이 운이 좋았다고 여긴다. 그곳의 "풍요로움과 낯섦"은 그의 말문을 완전히 막지 않는다. 그는 자신의 모험을 가족에게 들려주니 말이다. 그렇지만 무신경하고 둔감한 노크스가 전형적으로 보여 주는 일상적 세계의 다른 사람들에게 요정나라는 좋게 말하면 아동용의 꾸며 낸 이야기일 뿐이고 나쁘게 말하면 농담거리에 불과하다. 대장장이는 그곳에 있는 동안 질문을 거의 하지 않지만 그래도 결국 그에게 문들이 닫히고, 열쇠를 잃지 않았어도 다른 이에게 넘겨주도록 돌려줘야 한다.

대장장이는 통행증이나 다름없는 별의 보호를 받으며 마법에 걸린 영토에서 거닐 수 있지만 그곳의 주민이 아니고 손님일 뿐이다. 그가 마주치는 어떤 광경이나 사건에 대해서도 설명을 듣지 못하고, 어떤 비밀도 드러나지 않으며, 어떤 신비도 밝혀지지 않는다. 요정나라는 인간의 호기심을 양해해 주지 않고, 인간의 연약함을 참작해 주지 않는다. 대장장이는 순진한 착각을 통해 스스로를 위험에 빠뜨린다. 가령 단단한 호수 표면에 발을 내디딤으로써 거센 바람을 일깨우고, 떠나서 다시 돌아오지 말라는 자작나무의 명령이 나오게 한다. 이와 대조적으로 예기치 못한 곳에서 벗을 찾기도 한다. 가령 춤추는 처녀들 사이에서 그는 요정나라의 여왕과 춤을 추는데 그녀가 누구인지 알지 못한다. 그가 목격하는 경이롭고 아름답고 무시무시한 것들은 그가 알지 못하는 요정나라의 역사와 의미를 내포하고 있다. 이 기이한 곳에서 이방인으로서 대장장이가 겪는 모험은 그(또는 독자)가 요정나라에서 목격하는 것에 대한 설명을 전혀 듣지 못하는 톨킨 독자들의 모험과 궤를 같이한다. 톨킨은 대장장이의 경험뿐 아니라 톨킨 스스로 경험한 경이로움과 신비로움과 공포, 그리고 그의 상상력이 요정나라를 여행하면서 발견한 풍부함과 기이함에 대한 당혹감도 독자들이 공유하기를 바랐다고 짐작할 수 있다.

이 이야기는 톨킨에게 조지 맥도널드의 요정이야기 『황금 열쇠』 새 판본의 서문을 써 달라는 출판사의 요청으로 태어났다는 점에서 특이한 기원을 갖고 있다. 톨킨은 서문을 쓰기 시작했고 'fairy'라는 단어의 진정한 의미를 설명하려고 시도했다.

> 요정나라Fairy는 매우 강력합니다. 나쁜 안내자라도 그것을 피할 수 없습니다. 그는 어쩌면 옛날이야기의 조각들이나 어렴풋이 기억하는 것들로 자기 이야기를 만들어 내겠지만, 그것들이 너무 강력해서 그것들을 망쳐 놓을 수도, 그것들의 마법을 깨뜨릴 수도 없습니다. 누군가는 그의 어리석은 이야기에서 그것들을 처음으로 마주치고 요정나라를 흘끗 보고는 더 나은 것으로 나아갈지 모르지요.
>
> 이것은 다음과 같은 '짧은 이야기'에 넣을 수 있습니다. 옛날에 요리사가 있었고, 그는 아이들의 파티를 위해 케이크를 만들려고 생각했지요. 그가 중요하게 생각한 것

은 케이크가 매우 달콤해야 한다는 것이었습니다. […]

"거기서 나는 멈추었고"라고 톨킨은 훗날 썼다. "그 '단편 소설'이 독자적인 생명을 갖게 되었고 그 나름의 존재로 완성되어야 한다는 것을 깨달았지요."

다음 2년에 걸쳐 『큰 우튼의 대장장이』가 "그 나름의 존재로 완성"되는 동안 톨킨은 그 문제를 해결했다. 요정나라를 설명하려는 시도를 그만두고 그것을 묘사한 것이다. 그가 아주 달콤한 케이크의 이미지로 상징한 것은 요정나라가 오직 아동을 위한 사카린처럼 달콤한 것이라는 대중적 오해였다. 하지만 그 알레고리적인 케이크와 균형을 이루는 것은 바로 실재하는 인간이고, 그는 마법에 걸린 영역에 들어섬으로써 온갖 신비로움과 엄혹함, 아름다움 속에서 요정나라를 "흘끗 보게" 된다. 케이크의 이미지로 촉발된 이 이야기는 처음에 그리고 글을 써 나간 기간 중 거의 내내 '큰 케이크The Great Cake'라는 제목이 붙어 있었지만, 작가의 상상력이 케이크에서 소년에게 옮아 가면서 그는 이처럼 더욱 실제적인 접근을 반영하도록 제목을 바꾸었고 그 중요 인물의 이름을 이야기에 붙였다.

톨킨은 맥도널드 작품의 서문 쓰기를 중단한 다음에 자신의 이야기를 쓰는 데 열중했고 이듬해인 1965년 초에는 대략적인 초안을 만들었다. 『톨킨 전기』에서 험프리 카펜터는 『대장장이』가 타자기를 사용하여 작성되었다는 점에서 톨킨의 작품으로는 '특이하다'라고 지적했다. 연필을 쓸 수 없을 때의 자신을 부리 없는 암탉에 비유했던 사람에게 이는 실로 흔치 않은 일이었을 것이다. 카펜터의 가설은 그 이야기의 특정한 타자 원고가 "사실상의 원본virtually the original"이고 "손으로 쓴 적이 결코 없다"라고 톨킨이 클라이드 킬비에게 써 보낸 말에 기반하고 있다. "원본"이라는 단어와 "쓴 적이 결코 없다"라는 말은 그 이야기가 '순전히' 타자기로 작성되었다는 인상을 주었고, 이는 일리 있어 보인다. 하지만 손으로 쓴 서문 몇 편을 고려하지 않더라도, 적어도 부분적으로 손으로 쓴 단계가 있었다. 처음에 타자기에서 시작했지만 이어 손으로 써 나가 반반쯤 혼합된 원고이다.

톨킨의 진술과 증거 사이에 명백히 드러난 불일치는 "사실상의 원본"이라는 톨킨의 말에서 "사실상virtually"이라는 단어를 들여다보면 해결할 수 있다. Virtual은 다만 '실제적 사실은 아니지만 실질적으로'를 뜻한다. 문제 되고 있는 타자 "원본"은 이전에 자필로 쓴 자료를 많이 내포했으므로 의심할 바 없이 '실질적으로' 처음 완성된 원고이고 따라서 사실상의 원본이다. 톨킨이 "손으로 쓴 적이 결코 없고" "손으로 수정하고 고친 불완전한 원고"라고 부른 것은 아마도 이렇게 완성된 원고일 것이다.

게다가 이야기를 행간 여백 없이 완전히 타자로 친 원고가 세 가지 존재한다. 전체 초고 A, 수정되고 여백에 주석과 수정 사항을 잉크로 적어 넣은 전체 원고 B, 깔끔한 최종 사본 C가 있는데, C에는 사소한 오자 수정과 [단락 사이에] "공간을 비우라"는 등 명백히 식자공에게 남긴 메모가 있다. 원고 A는 아마 톨킨이 킬비에게 보낸 편지에서 언급한 사실상의 원본일 것이다. 여기에는 '큰 케이크'라는 제목이 붙어 있지만, 원고를 감싼 신문에 '우튼의 대장장이'라고 나중에 매직펜으로 쓴 글씨가 적혀 있다. 그 밑에 똑같은 글씨체(그리고 펜)로 "최종 수정 이전의 전체 원고"라고 적혀 있다. 원고 B는 원고 A를 수정한 것으로 '큰 케이크'라는 제목도 붙어 있고, 대장장이가 눈물의 호수에서 겪은 모험의 일화가 첨부되었다. 이 일화를 이야기에 삽입하기 위해 따로 작성한 초고들에서 그 호수는 대장장이가 수영할 수 있을 정도로 맑고 깨끗하며 아주 잔잔하게 흐른다. 원고 B에서는 이 부분이 수정되어 호수 표면은 이제 "돌보다 단단하고 유리보다 미끄러웠다slidder." 원고 C에서는 slidder가 sleeker(매끄러웠다)로 대체되어 호수는 출간된 책에서와 마찬가지로 "유리보다 매끄러웠다"라고 묘사된다.

원고 C에서는 제목이 바뀌어 따로 속표지에 '큰 우튼의 대장장이'라고 타자로 쳐 있고 그 밑에 톨킨이 잉크로 서명했다. 원고 C의 겉장으로 쓰인 우표가 붙은 큰 우편 봉투에는 "서섹스 주 해속스 디치링 우드콕스, 잉클레던 양"이라고 주소가 적혀 있다. 톨킨은 이야기의 사본을 이모의 큰딸이고 자기 사촌이자 동년배인 마저리 잉클레던에게 보냈음이 분명하다. 그 봉투 겉장에 자필로 쓴 메모를 보면 C는 "블랙프라이어스에서 낭독한 원고"임이 드러난다. 이 원고에는 청중에게, "내가 시에 관해 강연하기를 기대하고 여기 왔을 사람들에게" 전하는 자필 서문이 포함되어 있다.

1966년 10월 28일 자 편지에서 톨킨은 당시 옥스퍼드 대학원생이었던 손자 마이클 조지에게 블랙프라이어스에서 보낸 저녁 시간을 묘사했다. “내가 수요일 밤에 강연한다고 네게 미리 알려 주지 않았었지.” 그가 이렇게 썼다. “네가 너무 바쁠 거라고 생각했거든. 사실 나는 강연을 하지 않고 최근에 썼지만 아직 발표되지 않은 단편 소설 「큰 우튼의 대장장이」를 낭독했단다. 네가 시간이 나면 읽을 수 있겠지. 내가 이미 너를 성가시게 하지 않았다면 말이지.” “수요일 밤”이라고 가까운 날짜를 언급한 것을 보면 낭독을 한 것이 바로 얼마 전이었다고 암시되는데, 실은 편지를 보낸 날에서 이틀 전인 1966년 10월 26일이 수요일이었다. 톨킨은 그날 저녁에 대해 이렇게 묘사했다.

> 그 행사는 나를 완전히 깜짝 놀래켰고, 그 강연 시리즈를 기획한 블랙프라이어스의 수도원장과 퓨지 하우스의 관장도 몹시 놀랐단다. 고약하게도 날이 몹시 궂은 저녁이었어. 그런데도 블랙프라이어스에 너무 많은 군중이 쏟아져 들어와서 식당(교회처럼 긴 홀)을 치워야 했지만 그 인원을 수용할 수 없었단다. 바깥에 통로를 마련하기 위해 급히 준비해야 했단다. 8백 명이 넘는 사람들이 입장했다고 하더구나. 실내는 몹시 더웠고, 네가 그 자리에

없어서 다행이라고 생각한단다.

(『편지들』, 290번 편지)

당시 블랙프라이어스의 수도원장으로서 톨킨에게 강연을 부탁했던 베일리 신부는 이 행사에 대한 문의에 대답하며 다른 시각을 제공했다. 베일리 신부는 이렇게 썼다.

내가 기억하기로는 아무 광고도 하지 않았고 교회 문에 붙은 종이 한 장이 전부였습니다. 그런데도 소문이 퍼져 나가서 결국 런던과 케임브리지, 아마 레스터에서도 버스들이 줄줄이 당도했지요. 강연을 하기로 되어 있는 장소는 식당이었는데, 내 기억이 옳다면 포르투갈산 대리석이 깔린 넓은 방에 사방의 벽을 따라 의자들이 배치되어 있었습니다. 좌석은 전부 찼고 바닥에는 다리를 구부리고 앉은 사람들이 가득 찼지요. 이는 바닥의 중간 지점부터 식당의 상석에 앉은 그[톨킨]의 마이크까지 전선이 뒤얽혀서 뒤쪽에 앉은 사람들은 그의 목소리를 들을 수 없었다는 뜻입니다. 그러나 전혀 상관없었지요—사람들은 그가 마치 한 사람의 사도라도 되는 듯 바라보며 조용

히 앉아 있었으니까요. 그를 골똘히 바라보는 것만으로도 충분했습니다. (엮은이에게 보낸 개인 서신)

연사의 말을 듣기 어려웠던 사정에 대해 톨킨은 "심한 목감기의 후유증으로 고생하고" 있다고 청중에게 사과하며 다른 설명을 제시했다. 그렇다면 1966년 10월 말쯤에 이 단편 소설은 기본적인 면에서 최종 출간된 형태로 마련되어 있었을 것이다. 교정자가 사소한 오식을 어쩌다 수정한 것을 제외하면 블랙프라이어스에서 발표한 원고는 세세한 부분에서도 나중에 출간된 책과 일치하기 때문이다.

『큰 우튼의 대장장이』는 1967년 11월에 조지 앨런 앤드 언윈 출판사에서 출간했다. 이 책은 작은 판형(147×105mm)의 하드커버 판본이었고, 『햄의 농부 가일스』와 『톰 봄바딜의 모험』의 삽화를 그린 폴린 베인스의 삽화가 실려 있었다. 같은 달에 톨킨의 미국 출판사인 호튼 미플린에서는 약간 큰 판형(162×108mm)의 하드커버로 베인스의 삽화를 곁들여 출간했다. 두 판본 모두 여러 번 재판을 찍었다. 또한 이 단편 소설은 잡지 《레드북》 130호(1967년 12월 58~61쪽과 101, 103~107쪽)에 밀턴 글레이저의 삽화와 함께 실렸다. 1969년에 밸런타인 북스에서는 『큰 우튼의 대장장이』와 『햄의 농부 가일스』를 합친 페이퍼백 판본을 펴냈다. 앨런 앤드 언윈 출판사는 1975년에 두 번째 하드커버 판본을 펴냈고, 미국 출판사는 1978년에 두 번째 판본을 출간했다. 로저 갈런드의 삽화가 실린 새로운 판본은 1990년 언윈 하이먼에서 나왔고 호튼 미플린에서는 1991년에 출간했다. 1997년에 하퍼콜린스 출판사는 이 단편을 『위험천만한 왕국 이야기』에 넣어 (「햄의 농부 가일스」와 「톰 봄바딜의 모험」, 「니글의 이파리」와 함께) 출간했다. 2002년에 사이언스픽션 북클럽에서 발간한 『톨킨 선집』에는 「나무와 이파리」, 「햄의 농부 가일스」, 「톰 봄바딜의 모험」, 「가웨인 경과 녹색 기사」와 함께 「대장장이」가 실렸다. 이는 단지 영어로 나온 판본들이다. 이 이야기는 아프리칸스어, 네덜란드어, 독일어, 스웨덴어, 일본어, 스페인어, 카탈루냐어, 체코어, 폴란드어, 히브리어, 포르투갈어, 러시아어, 핀란드어, 이탈리아어, 세르보크로아티아어, 프랑스어로 번역되었다.

이 단편 소설이 가진 명백한 대중적 호소력과 대조적으로 비평가들의 반응은 엇갈렸다. 《아동 문고 뉴스레터》

4호, 2권(1968년 5월)에서 휴 크라고는 이 작품이 톨킨의 장편 소설만큼 훌륭하지 않다고 쓰면서 이야기에 유머가 부족하고 인물들은 호빗들의 "빛나는 개성"이 없다고 비판했다. 크리스토퍼 데릭은 《태블릿》 222호(1968년 2월 10일)에서 다른 견해를 제시했다. 그는 『대장장이』를 "슬프고 지혜로운 책"이고 "대단히 섬세한 신화"라고 불렀다. 프레데릭 로리츤은 《도서관 저널》 92호(1967년 11월 15일)에서 줄거리와 인물 모두 깊이가 결여되어 있다고 썼다. 《내셔널 리뷰》 1968년 5월 7일 자에서 제러드 롭델은 이 소설에 "위대한 순간"이 있지만 작품이 "좀 **지나치게** 매혹적이라서 다시 읽을 수 없"다는 의견을 제시했다. 1968년 2월 4일에 《뉴욕 타임스 서평》에서 로버트 펠프스는 이 작품을 "애도가"라고 타당하게 규정했고 "뇌리를 떠나지 않는 소박한 이야기"라고 묘사했다. 1968년 2월 《혼 북》에서 R.H. 비구레스는 "우아하고 기쁨을 주는 아름다운" 이야기라고 묘사했다.

톨킨 자신은 이 작품을 "상실의 예감으로 이미 슬픔을 짊어진 노인의 책"이라고 불렀다. 그의 말에서 단서를 얻은 많은 비평가들은 대장장이가 별을 포기한 것을 톨킨이 자기 예술에 보내는 작별 인사라고 해석했다. 폴 코허는 이 이야기가 작가의 "프로스페로 연설"(셰익스피어의 희곡 「템페스트」의 주인공 프로스페로가 마지막 장면에서 마술을 포기하고 행한, 용서와 화해를 추구하는 연설—역자 주)이라고 불렀고, 험프리 카펜터는 톨킨의 "미래에 대한 불안감과 다가오는 노령에 대한 커지는 슬픔"을 보았다. 이런 요소들이 존재하기는 하지만, 이 이야기에 긴 작별 인사 외에 다른 것이 없다고 가정한다면 이 작품과 작가를 가혹하게 평가하는 일이 될 것이다. 이 이야기는 그 자체로서 그리고 전기적 고려와 별도로 톨킨이 정의한 진정한 요정이야기—"요정들이 자신의 존재를 취하는 영역 혹은 상태", 즉 요정나라의 "'위험천만한 왕국'을 여행하는 인간들의 '모험'" 이야기—이다. 그 왕국에는 "바다와 해와 달, 하늘이 있고, 대지와 그 안에 거하는 모든 것들, 곧 나무와 새, 물과 돌, 포도주와 빵, 그리고 마법에 걸려 있을 때의 우리 자신, 곧 유한한 생명의 인간들"이 들어 있다.

포착하기 어렵지만 비애를 자아내는 이 이야기의 성격을 가장 잘 평가한 평자는 로저 랜슬린 그린일 것이다. 그는 1967년 12월 3일 자 《선데이 텔레그래프》에 "그 의미를 찾으려는 것은 탄성을 찾기 위해 공을 잘라 열어 보는 것과 같다”라고 썼다. 톨킨은 이 논평을 소중히 여겼고 그린에게 감사의 편지를 썼다. 톨킨은 의심할 바 없이 이 작품에 대한 가장 통렬한 혹평을 쓴 크리스토퍼 윌리엄스의 글, 즉 1967년 12월 7일에 《뉴 소사이어티》에 실린 ‘요정나라의 엘리트 사이에서’도 소중히 여기지는 않았어도 간직했다. 톨킨의 목표와 방법, 최종적 산물을 오만하게 경멸한 윌리엄스의 서평은 《네이션》 182호(1956년 4월 14일)에서 『반지의 제왕』을 평가한 에드먼드 윌슨의 “우우! 그 끔찍한 오르크!”에 비할 만하다. 윌리엄스는 문맥에서 떼어 낸 문장들을 인용하고 톨킨의 요정나라를 “중세학자가 만든 셀로판지 꽃밭”이라고 무시했으며 “현대 아이들”에게는 그 이야기가 부적합하다고 주장했다. 그러나 『반지의 제왕』이 에드먼드 윌슨보다 오래 살아남았듯이 『큰 우튼의 대장장이』도 크리스토퍼 윌리엄스보다 오래 살아남았다. 톨킨 이야기의 아름다움과 신비로움은 그 비평가들이 사라지고 오래 지나도 계속해서 독자들을 매료시키고 호기심을 자아낸다고 예상해도 무방할 것이다.

이 판본의 구체적인 목적은 창작 중의 작가를 독자들이

일별하게 하는 것이었고, 따라서 작품의 창작과 발전에 관련된 문서의 전사본을 이야기에 첨부했다. 클라이드 킬비에게 이야기의 기원에 관해 설명한 톨킨의 편지와 이어서 결국 미완으로 끝난 『황금 열쇠』 서문의 사본은 조지 맥도널드에 대한 불만에서 자기 이야기에 대한 착상이 싹트기까지 톨킨의 창의력이 나아간 과정을 기록한다. 「연대표와 인물」, 「결말에 대한 생각」, 그리고 길고 사색적인 에세이 「큰 우튼의 대장장이」는 꼼꼼하게 기록된 배경의 내용과 철학적 토대, 이야기를 지탱하는, 보이지 않지만 본질적인 구조를 전달한다.

「연대표와 인물」은 큰 우튼의 중요한 주민들에 대한 장기간에 걸친 계보와 역사를 제공한다. 특히 이야기의 시작 부분에서 우튼을 떠나 결코 돌아오지 않은 신비로운 할아버지 라이더에 초점을 맞춰 이야기가 시작되기 약 70년 전부터 120년에 걸친 세 세대의 인물들의 생애를 연도별로 제시한다. 톨킨은 인물들—그들이 서로에게 실재했듯이 그에게 명백히 실재한—에게 적합한 이름과 가족의 내력, 서로 간의 관계와 마을에 대한 관계를 부여했다. 동일한 관심사로 인해 톨킨은 「이야기의 결말에 대한 생각」을 작성했고, 여기서 여왕이 전갈을 보낸 이유와 그 전갈의 표현에 대한 추측, 대장장이와 아들의 중요한 관계, 그가 마지막으로 요정나라에서 돌아왔을 때 반드시 부재해야 하는 아내와 딸, 도제와 노크스가 나눈 마지막 대화의 역학에 관심을 기울였다.

이야기와 마찬가지로 '큰 우튼의 대장장이'라는 제목이 붙은 긴 에세이에서 톨킨은 그 마을의 물리적 환경뿐 아니라 이야기가 시작될 시점의 마을의 도덕적, 정신적 상태를 검토한다. 또한 그 마을의 수공업을 묘사하고 특히 마을의 생활에서 요리가 차지하는 중요성을 서술하며, 마을과 숲의 관계, 숲속의 더 작은 마을인 작은 우튼과 월튼의 관계를 그려 내고, 인간 주민들과 요정 세계 주민들 사이에 내재한 필수적인 관계를 세세히 검토한다.

끝으로 복사된 문서 세 가지는 창작과 수정 과정의 증거를 제공한다. 혼합 원고는 안타깝게도 두 페이지가 빠져 있지만 그럼에도 이야기를 아마도 처음 완성된 형태라고 추정되는 것으로 제시한다. 이 원고는 도제와 늙은 노크스의 마지막 대화로 마무리되기 때문이다. 이 원고의 전반부는 타자기로 작성되었지만 후반부는 중단 없이 사고의 흐름을 이어 가면서 펜으로 적혀 있다. 이 원고에 포함된 어떤 요소들은 이후에 배제되었지만 그렇더라도 이야기에 영향을 미쳤다. 첫 번째 요소는 케이크에 들어가는 물건으로, 타자 원고에서는 별이 아니라 반지였다. 이어진 수기 원고에서 반지는 별로 바뀌었고, 그 후로는 변함없이 별이었다. 하지만 반지든 별이든 진짜 요정이 만든 물건의 존재는 다른 물건, '요정'에 대한 요리사의 관념을 상징한 매우 달콤한 케이크를 상쇄하는 데 꼭 필요했다.

두 번째 요소는 대장장이의 별칭이다. 왕은 요정나라에서 대장장이를 만날 때 그를 "길시르Gilthir"라고 불렀고, "바로 그것이 요정나라에서 부르는 그의 이름(별이마)이었다. 집에서는 대장장이의 아들 앨프레드라고 불렸다"라는 서술이 덧붙여졌다. 반지와 마찬가지로 요정 이름 "길시르"는 사라졌다. 이후에 이 일화를 다룬 모든 원고에서 대장장이는 최종적으로 출간된 원고에서와 마찬가지로 단순히 "별이마"라 불렸다. 앨프레드Alfred를 줄인 이름 앨프Alf는 도제에게 붙여졌는데, Alf와 Elf의 등식이 그에게 더욱 적합하다.

삽입된 "눈물의 호수" 일화의 수기 원고와 타자 원고를 복사한 두 문서는 톨킨이 「큰 우튼의 대장장이」를 내부로부터 확장한 방식을 예시한다. 원고 B에 추가되었고 원고 C에 남은 그 장면은 네 차례의 작성 단계를 거쳐 발전되었다. 다듬어지지 않은 한 페이지짜리 수기 원고가 두 개 있고, 명료하지만 불완전한 자필 원고와 최종적인 한 페이지짜리 타자 원고가 이 책에 수록되었다. 이야기의 궤도는 처음부터 변함이 없었지만, 세부적인 사항과 일화가 첨가되면서 서사 구조가 정교해졌다.

여기 첨부된 자료들은 독자에게 창조 과정을 폭넓게 바라보게 해 준다. 그야말로 종이 위에서 작업하며 생각하는 톨킨을 보여 주고, 작가가 설명에서 영감으로, 공들여 표현하고 힘겹게 수정하는 과정을 따라가게 해 주어 『큰 우튼의 대장장이』와 그 저자를 되살려 놓는다.

벌린 플리거

## '이야기의 기원'
## 톨킨이 클라이드 킬비에게 보낸 짧은 편지

그 이야기의 기원을 밝히는 가장 흥미로운 내용일 겁니다.

1964년의 어느 시점에 나는 G. 맥도널드의 『황금 열쇠』에 서문을 써 달라는 '판테온 북스'의 요청에 동의했습니다. 출판사는 그 책을 아동용 '동화fairy-tale'로 출간할 계획이었지요. 출판사에서 내게 요청한 것은 내가 『나무와 이파리』 26쪽(미국 판본)에서 G. 맥도널드(그리고 특히 『황금 열쇠』)를 언급하고 칭찬했기 때문이었을 겁니다. 그런데 나는 감동적이었던 몇 가지 인상만 선택적으로 간직하고 있었다는 것을 알게 되었고, G. 맥도널드를 비평가의 시각으로 다시 읽어 보자 불쾌감이 치밀었습니다. 물론 나는 『황금 열쇠』를 아동용 이야기로 생각한 적이 없습니다(하지만 G. 맥도널드는 그렇게 생각했음이 명백했지요). 그러니 서문을 쓰는 일이 내게는 결국 불쾌하게 느껴졌지요. 하지만 그 기획이 좌절되어 (내가 알기로는 아마도 '판테온 북스'의 도산으로[)] 나는 그 일에서 벗어났습니다.

서문에서 뭔가 유용한 말을 하려고 애쓰다 보니 '요정fairy'이라는 용어를 다루어야 했지요—아이들에게 말하든 어른에게 말하든 요즘에는 언제나 필요한 일입니다. 최근의 편지 모음집에서 1954년 10월 9일 자 잭의 편지를 참조하십시오.

이런 과정에서 나는 '요정나라Faery'를 예시하려고 애썼고, "이것은 다음과 같은 '짧은 이야기'에 넣을 수 있습니다."라고 말하고는—『큰 우튼의 대장장이』 11~20쪽의 첫 번째 원고를 썼습니다. 거기서 나는 멈추었고, 그 '단편 소설'이 독자적인 생명을 갖게 되었고 그 나름의 존재로 완성되어야 한다는 것을 깨달았지요. 내가 서문을 계속 썼더라면 기껏해야 G. 맥도널드를 가혹하게 비판하거나 '반대하는' 에세이가 되었을 겁니다. G. 맥도널드는 잭 같은 사람들의 마음에 큰 도움을 주었으므로 그렇게 한다면 불필요하고 안타까운 일이겠지요. 그러나 맥도널드는 (도덕적) 알레고리에 대한 사랑을 품고 태어났음이 명백하고 나는 그것에 대한 본능적 혐오를 갖고 태어났습니다. 『환상가들』(맥도널드의 요정 로맨스faery-romance—역자 주)은 그를 일깨웠지만, 나를 깊은 혐오감으로 괴롭혔습니다. 어떻든 다른 사람들을 비판하기보다는 예를 들어 설교하는 편이 더 낫지요. 그러나 『대장장이』는 실상 '반反 G. 맥도널드 소책자'가 되었습니다. 요정나라에는 어떤 알레고리도 없고, 그곳은 마음 바깥의 실제 존재를 갖는 것으로 구상되었습니다. [인간들 쪽에 알레고리가 약간 남아 있는데, 그것을 언급한 독자나 비평가는 아직 없지만 내게는 명백해 보입니다. 늘 그렇듯이 그 이야기에는 '종교'가 없습니다. 그러나 명백히 최고 요리사와 공회당 등은 마을 교회와 마을 목사의 (약간 풍자적인) 알레고리입니다. 그것의 기능은 꾸준히 쇠퇴하고 '예술'과의 접촉이 모두 끊어져서 단순히 먹고 마시는 데 빠져들었기 때문이지요. 무엇이든 '다른' 존재의 마지막 흔적은 아이들에게 남아 있습니다.]

# 톨킨의『황금 열쇠』서문 초고

이 글을 읽지 마세요! 아직은.

이 책은 유명한 요정이야기입니다. 여러분이 좋아하기를 바랍니다. '서문'에서 말해야 할 것은 이것뿐입니다. 독자들이여,『황금 열쇠』를 만나세요.

나는 '요정' 이야기이든 아니든 이른바 '서문'을 절대로 읽지 않습니다. 서문이란 작가에 대해서나 이야기에 대해서 장광설을 늘어놓는 것이지요. 나는 그것을 읽어야 한다고 생각하지 않습니다. 그것은 작가에게나 독자에게나 공정하지 않습니다. 작가는 독자에게 직접 말할 작정이었으므로, 이야기를 시작하기도 전에 누군가 끼어들어서 독자에게 이런저런 것을 주목하라거나 이런저런 것을 이해하라고 말하는 것을 바라지 않습니다. 독자는 처음에 어떤 도움이나 (이럴 가능성이 많은데) 방해도 받지 않고 스스로 자유롭게 이런저런 것에 주목하고 좋아해야 (또는 싫어해야) 합니다. 그러니 내게 신경 쓰지 마세요. 어떻든 여러분이 이야기를 다 읽을 때까지는 말이지요. '서문'이 문제가 되는 것은 그 위치 때문입니다. 그것은 처음에 나올 것이 아니라 두 번째로 나와야 하고 '나중에 읽기postlection' 또는 '후독after-reading'이라 불려야 하며 독자가 그 이야기를 읽은 다른 사람들과 나누는 대화처럼 느껴져야 합니다. 그들은 즐거움을 나누거나 의견 차이에 대해 토론하고 그래서 다시 읽는 것으로 나아갈 수 있겠지요.

어떻든 내가 이렇게 말한다면 무례할 뿐 아니라 성가시게 여겨지지 않을까요? '친애하는 독자 여러분, 여러분에게 조지 맥도널드를 소개해도 될까요? 여러분이 그의 멋진 수염을 주목하기 바랍니다. 하지만 당대에는 남자들이 수염을 길렀고 그것도 덥수룩하게 길렀지만 그의 수염은 대개의 사람들보다 더 덥수룩하고 더 멋있었다는 것을 기억해야 합니다. 그의 놀라운 옷을 보세요. 진홍색 망토, 도금한 단추 열두 개가 달린 놀라운 조끼, 그리고 그의 보석을! 하지만 그가 스코틀랜드의 하일랜드식 복장을 완전히 갖춰

킬트를 입고 체크무늬 천을 어깨에 두르고 칼을 든 모습을 보아야 합니다. 하지만 물론 여러분은 그의 스코틀랜드 억양과 이름을 주목했고, 그것으로 설명이 되겠지요. 그럼에도 불구하고 나는 그가 설교자라는 것을 여러분에게 미리 알려 줘야겠습니다. 그는 연단이나 설교단에서뿐 아니라 자신의 많은 책에서 설교합니다. 그에게 가장 경탄하는 어른들이 가장 가치 있게 여기는 것은 그의 설교이지요.'

나는 여러분이 조지 맥도널드와 단둘이 잠시 산책을 하거나 대화를 나누고 자신의 눈과 귀로 혼자서 찾아낼 수 있는 것을 발견하도록 그냥 내버려 두는 편이 더 나을 거라고 생각합니다.

그러나 물론 그 대화는 길지 않겠지요. 『황금 열쇠』는 맥도널드가 쓴 가장 훌륭한 작품이기는 하지만 짧으니까요. 그렇게 읽거나 만난 후에 여러분은 어떤 질문을 던지고 싶어질 겁니다. 누군가를 잠시 만나면 어리둥절해집니다. 놀라운 사람들은 더욱 어리둥절하게 만들고 그들의 글도 그렇지요. 그럼 그 사람이나 그의 책을 더 잘 알거나 더 오랫동안 알았던 다른 사람의 말을 듣게 된다면 흥미롭겠지요. 그것이 흥미롭게 느껴지거나 여러분이 더 듣기를 바란다면 이 글을 읽으세요. 그렇지 않으면 번거롭게 수고할 필요가 없습니다.

만일 여러분이 맥도널드가 정말로 이야기를 들려주려는 독자이고 『황금 열쇠』를 읽었다면 이 책을 잊지 않을 겁니다. 적어도 여러분의 마음속에 아름답거나 기이하거나 놀라운 그림 같은 것이 남아서 자라겠지요. 그것의 의미는, 혹은 여러 의미 중 하나—여러분에게 주는 의미—는 여러분이 성장하면서 펼쳐질 겁니다. 내게 남아 있던 중요한 그림은 우뚝 솟은 험준한 산들에 둘러싸인 커다란 계곡이었습니다. 그 평평한 바닥에 그림자들, 그 자체는 보이지 않는 것들이 드리운 그림자들이 넘실댔지요. 여러 해가 지난 후 그 이야기로 되돌아갔을 때 나는 잊었던 아주 많은 것들이 거기 있다는 것을 놀랍게도 깨닫게 되었습니다. 하지만 그 계곡은 여전히 이야기의 중심으로 내게 남아 있습니다. 이제 보니 그것은 물론 다른 독자들의 상상력을 자극했더군요. 그들이 나처럼 그것을 중요하게 여기지는 않았지만 말이지요. 또한 그들이 그것에 대해 느끼는 '의미'는 내가 느끼는 것과 동일하지 않습니다. 그러나 그것은 내게 문제가 되지 않습니다. 그런 이야기들에 나오는 그림이나 환영은 방대하고 살아 있어서 그것을 보는 사람도, 심지어 작가 자신도 그 전체를 이해하지 못합니다. 사람들(심지어 작은 사람들도)이나 나라들(심지어 자치주들도)의 경우에도 그렇듯이, 그 그림들은 너무 크고 너무나 다양한 것들로 가득 차 있어서 오랜 벗들이나 주민들도 그것들에 대해 동일한 견해를 갖지 못합니다. 그런데 요정의 땅에 대해서라면 어떨까요! 그 땅은 경계도 알 수 없고 지도도 없습니다. 여행자들은 지도 없이 헤매야 하고—어쩌면 그게 제일 낫겠지요. 그들이 스스로 지도를 만든다면 잃어버릴 테고 아니면 돌아올 때 쓸모없다는 것을 알게 될 테니까요. 특히 다른 길로 돌아온다면 말이지요.

그런데 맥도널드 스스로가 『황금 열쇠』를 요정이야기라고 불렀으므로, '요정'에 대해 뭔가 말해야 할 것 같습니다.

어떤 글을 '요정이야기'라고 부른다면 첫 번째로 주목할 점은 '이야기'입니다. 이야기 앞에 가령 소박한, 요정, 역사적, 유령, 과학적, 충고의, 도덕적, 혹은 그저 우스운 등의 어떤 말을 붙이든 간에, 이야기는 무언가를 말해야 합니다. 이야기는 관련된 사건들로 이루어져야 하고, 그 사건들은 그 자체로 독자의 흥미를 끌지만 선택된 시작부터 선택된 결말까지 연속적으로 배열되면서 특히 관심을 끌게 됩니다. '선택된'이라는 말은 '창작자에 의한' 선택을 뜻합니다. 이야기에서 시작과 끝은 그림을, 가령 풍경화를 그린 화폭의 테두리나 그림을 끼운 액자와 같습니다. 그것은 화자의 관심을 그리고 독자의 관심을 그 풍경의 한 작은 부분에 집중시키지요. 그러나 물론 실제로는 한계가 없습니다. 땅 아래에, 저 위 하늘에, 흐릿하게 흘끗 보이는 아득히 먼 곳에, 양옆으로 드러나지 않은 지역에 어떤 것들이 있고, 그것들이 그림에 묘사된 부분의 형체와 색깔 자체에 영향을 미칩니다. 그것들이 없으면 그림이 완전히 달라지겠지요. 보이는 것을 이해하려면 그것들이 실로 필요합니다.

하지만 우리가 그림을 본다면, 이야기를 듣는다면, 그것에 사로잡혀야 합니다. 왜 그런지 생각하기 전에 그것을 전부 (어쩌면 한 번 이상) 듣고 싶어야 하고, 그것을 들으며 즐거워야 합니다. 그렇지 않으면 그 이야기는 (우리의) 기대에 미치지 못한 것이지요. 이야기 앞에 붙인 말은 그리 중요하지 않지만 여러분이 처음부터 적합한 기분으로 읽도록 도움이 될 수 있겠지요. 하지만 그 단어가 잘못 이끌 수도 있습니다. 이야기를 쓴 사람에게도 그렇지만 이야기에 라벨을 붙이거나 한 단어로 규정하는 것은 쉽지 않습니다. 진지한 사람(예를 들어 설교사)이 유머러스할 때도 있고, 과학자들이 시와 심지어 요정이야기를 쓸 수도 있고 때로 쓰기도 합니다. 또한 여러분은 어떤 딱지를 싫어해서 가령 설교라든가 의학 같은 딱지가 붙어 있으면 일단 맛을 보지도 않고 '내게는 안 맞아'라고 말하며 거부할 수 있습니다.

'요정'이라는 딱지는 여러 면에서 가장 중요하고 또 가장 오해의 소지가 많습니다. 한 가지 이유를 들자면 그 딱지는 요즘 종종 잘못 사용되고, '요정이야기'에는 '특히 아동에게 적합한'이란 말이 흔히 붙습니다. 어떤 아동(이 단어가 어느 연령대에 적용되든 간에)이든 열의를 잃게 만들 수 있지요. 하지만 그것은 실제로 '요정이야기'에 대한 찬사입니다. 진짜 아동이야말로 대체로 이야기를 이야기로서 잘 판단하니까요. 이야기들이 감동을 주는지, 계속 듣고 싶고 읽고 싶은 마음을 일으키는지를 판단하는 것이지요. 원고 상태의 『이상한 나라의 앨리스』를 처음 들은 것은 조지 맥도널드의 자녀들이었습니다. 루이스 캐럴은 아이들이 그 이야기에 즐거워했기 때문에 그것을 출간했습니다.

또 다른 이유를 들자면, '요정'은 종종 오해를 받습니다.

과거에는 놀라운 것을 많이 포함한 '거창한 단어'였지만 일상적으로 사용되면서 의미가 좁아졌기에 지금 많은 사람들에게 '요정'이란 무엇보다도 귀엽고 장난기 많은, 아주 작은 인간처럼 생긴 꼬마 생명체를 뜻하고, 대체로 우리 눈에 보이지 않습니다. 그러나 '요정이야기'는 단순히 이런 부류의 상상의 생명체가 등장하는 이야기가 아닙니다. 그런 존재를 언급조차 하지 않는 많은 이야기가 있습니다. (『황금열쇠』 같은) 많은 이야기에 요정이 등장하지만 그들은 중요한 존재가 아닙니다. 조지 맥도널드가 이 이야기를 쓴 지 거의 100년이 지났지만 그 스스로도 "요정이라 흔히 불리는 작은 생명체"에 대해 이미 말했고 "하지만 요정의 땅에는 매우 다양한 부류의 요정이 있다"라고 덧붙였다는 것을 여러분은 주목했겠지요. 그는 '더 늙고 더욱 강력하며 중요한 부류'가 있다고 말할 수 있었겠지만 독자가 스스로 찾아내도록 내버려 둡니다. 이미 알지 못한다면 말이지요.

실은—역사의 이 한 조각을 언급하는 까닭은 그것을 알지 않고는 '요정'의 의미를 이해할 수 없기 때문입니다—실은, 요정fairy이란 원래 작든 크든 간에 '생명체'를 의미하는 단어가 아니었다는 것입니다. 그것은 마법이나 마술을 뜻했고, 크든 작든 경이로운 종족이 선과 악을 행할 수 있는 마음과 의지의 신비로운 힘을 갖고 살았던 마법에 걸린 세계 또는 나라를 뜻했지요. 그곳에서는 모든 것이 놀라웠습니다. 땅과 물, 공기, 불, 살아 있고 성장하는 모든 것, 동물과 새, 나무와 약초, 그 모두가 기이하고 위험했지요. 그것들에 숨겨진 힘이 있고, 인간의 눈에 보이는 것이 전부가 아니었으니까요. 그래서 '요정'이 다른 단어 앞에 (형용사로) 놓일 때, 가령 요정 지팡이나 요정이야기, 요정 대모, 혹은 요정 여왕과 요정의 땅 같은 경우에 그것은 '귀엽고 작은 요정'을 뜻하지 않았고 지금도 마찬가지입니다. 그것은 강력한, 마술적인, 요정나라에 속하거나 그 기이한 세계에서 나오는 것을 뜻합니다. 요정 여왕은 작은 요정처럼 생긴 여왕이 아니라 요정나라의 여왕으로 대단히 아름답더라도 위대하고 위험한 인물이며, 마법에 걸린 세계와 그 주민들의 여왕이지요. 요정이야기는 그 세계에 관한 이야기이고, 그 세계를 얼핏 보는 것입니다. 그것을 읽는다면 여러분은 안내자인 저자와 함께 요정나라에 들어갑니다. 그는 나쁜 안내자일 수도, 좋은 안내자일 수도 있습니다. 그가 그 모험을 진지하게 받아들이지 않고, 자기 생각에 '아동에게'

적합한 '이야기를 늘어놓고' 있을 뿐이라면 나쁜 안내자입니다. 그가 요정나라에 대해 무언가를 알고 스스로 언뜻 보았고 그것을 말로 옮기려고 노력한다면 좋은 안내자이지요. 그러나 요정나라는 매우 강력합니다. 나쁜 안내자라도 그것을 피할 수 없습니다. 그는 어쩌면 옛날이야기의 조각들이나 어렴풋이 기억하는 것들로 자기 이야기를 만들어내겠지만, 그것들이 너무 강력해서 그것들을 망쳐 놓을 수도, 그것들의 마법을 깨뜨릴 수도 없습니다. 누군가는 그의 어리석은 이야기에서 그것들을 처음으로 마주치고 요정나라를 흘끗 보고는 더 나은 것으로 나아갈지 모르지요.

이것은 다음과 같은 '짧은 이야기'에 넣을 수 있습니다. 옛날에 요리사가 있었고, 그는 아이들의 파티를 위해 케이크를 만들려고 생각했지요. 그가 중요하게 생각한 것은 케이크가 매우 달콤해야 한다는 것이었습니다. 그는 케이크를 온통 설탕 가루로 뒤덮을 생각이었지요. [여기서 중단]

# '큰 케이크' 연대표와 인물

## 인물

A. 앨프, G가 임명한 신비로운 수습생. 대부분의 사람에게 도제라고 불림. 후에 최고 요리사가 됨. 마지막에 요정나라의 왕으로 밝혀짐. 58년간 (자기 나름의 목적이 있어서) 마을에서 살아왔지만 그동안 자기 왕국을 방문한 경우가 없지 않았으리라고 가정할 수 있다.

*E. 엘라, G의 딸. OS와 결혼했고 S의 어머니였다.

G. '할아버지.' 그의 이름은 라이더였다. 모험을 즐기는 젊은 시절을 보낸 후 R과 결혼하고 정착했다. 나중에 그는 당시 최고 요리사의 도제가 되었고 결국 최고 요리사가 되었다. 그는 S의 외조부였다.

H. 하퍼. 그는 결국에 A를 계승하여 최고 요리사가 되었다.

N. 노크스. (도제를 임명하지 않았던) G가 갑자기 떠나 돌아오지 않았을 때 더 나은 사람을 찾을 수 없는 상황에서 G를 계승하여 최고 요리사가 되었다. NT는 타운센드의 노크스로 그의 손자이다(T를 보라). NS, NDS는 S를 보라.

*R. 로즈 생스터. G가 아내로 데려온 먼 마을의 아름다운 아가씨. E를 출산하다가 사망.

Q. 요정 여왕. 요정나라에서 S를 만났을 때만 등장한다.

S. 대장장이. 이야기의 주인공. 그 마을과 인근 지역에서 최고의 대장장이가 되었다. 축제에서 '마술별'을 받았고 요정나라를 여행하게 되었다. 그의 이름(어쩌면 그의 아들의 이름과 같이 네드였을)은 기록되지 않았다. 그는 요정나라에서 별이마Starbrow라고 불렸다.

NS. 그의 아내 넬 (웹스터). NDS. 낸(대장장이의 딸) 그의 딸이자 장녀. OS. 그가 승계한 그의 부친이자 연로한 대장장이. YS. 어린 대장장이로 그의 아들 네드.

T. 팀, 타운센드의 노크스의 아들이고 따라서 노크스의 증손자. 그의 어머니는 대장장이의 아내 NS의 자매 W

였다. 그는 별을 물려받았다.

*W. 윈 (웹스터) NS의 자매이고 NT의 모친.

*로 표시된 인물들은 이야기에서 이름이 언급되지 않지만 전체 이야기에서 중요할 것이다. 잠시 등장하는 두 인물로 TW 작은 우튼의 톰 (라이트)은 대장장이의 딸 낸과 결혼했고, 그의 아들이자 대장장이의 손자인 톰네 아이가 있다. S가 별을 받았을 때 축제에 참석했던 네 아이는 넬(NS) 외에 방앗간네 몰리, 술장수네 해리, 포목상네 릴리가 있다.

## 연대표

이야기에 G보다 나이가 많은 인간은 등장하지 않으므로 연속적인 사건들과 다양한 인물들의 연령을 보여 주기 위해 G의 출생 연도를 임의로 1000년으로 잡고 그 해부터 연도를 추산했다.

### 연도

1000 G 출생.

1018 G가 '여행'을 떠나고 1035년까지 일정치 않게 이따금 큰 우튼에 돌아온다.

1027 OS 출생.

1030 N 출생.

1035 G는 R과 결혼하여 큰 우튼으로 함께 돌아온다.

1037 G와 R의 딸 E가 태어난다. R이 사망한다. G는 침울하고 과묵한 사람이 된다.

1038 최고 요리사의 도제가 사고로 사망한다. G는 그를 돕고 기술을 배우겠다고 청한다. 시험을 받지만 금방 완수한다.

1044 G가 최고 요리사가 된다.

1048 G는 24 축제를 꽤 성공적으로 연다. 그가 직접 관여하지는 않지만 아이들의 오락의 일부로 (오랫동안 도외시되었던) 노래와 춤을 다시 도입한다.

1052 N은 재주가 많다고 상상하지만 아무 재주도 없는 젊은이로서 G의 조수가 되겠다고 자청한다. 바쁜 시기에 일손을 보탤 수 있도록 허락을 받았지만 그는 기술을 약간 배우자마자 모든 것을 안다고 생각한다. G는 그를 싫어해서 얼마 후에는 그를 더 이상 고용하지 않는다. G는 마을의 젊은이들 사이에서 도제를 뽑으려 하지 않는다.

1055 N은 돈이 많은 여자와 결혼한다. 특별히 하는 일은 없지만 '취미'로 요리한다.

1062 E는 25세에 자기보다 열 살 많은 OS와 결혼한다. OS는 '자기 일을 하는 데 너무 바빠서 결혼에 대해 생각하지 않는' 확고부동한 독신자로 여겨졌었다. 결혼식 직후 봄철에 G는 '휴가'를 떠난다. 그의 딸 E는 훌륭한 요리사이므로 그가 없는 동안 부엌을 관장하고 N의 도움을 거절한다. G는 겨울 축제에

맞춰 돌아온다. 그가 도제로 A를 데리고 와서 모두들 놀란다. A는 열두세 살 정도로밖에 보이지 않는다. G는 이제 전보다 훨씬 명랑해졌다. 그가 요정나라를 방문하고 왔으리라고 짐작할 수 있다.

1063 S 6월에 출생.

1065 N(넬 웹스터) 또한 6월에 출생. 가을에 G는 다시 떠나면서 돌아오지 않을 거라고 선언한다. 그는 A에게 책임을 맡긴다. (그는 작은 은별을 저장실의 검은 향료 상자에 넣어 둔다.) A가 아주 어린 소년으로 보이기 때문에 마을위원회에서 그를 최고 요리사로 임명하지 않는다. 나은 대안이 없어서 그들은 N을 최고 요리사로 임명한다. A는 N의 도제로 남는다.

1072 24 축제가 다시 열린다. N은 은별을 동전과 작은 장신구들과 함께 큰 케이크에 넣지만 A가 실은 케이크를 대부분 만들고 모든 장식을 한다. 참석한 아이들 가운데 S와 N(넬)이 있다. S는 별을 삼키지만 그 사실을 알지 못한다.

1073 S는 6월의 열 번째 생일날 새벽에 은별을 발견한다.

1078 S는 대장간에서 아버지를 돕기 시작하고 특출한 재

능을 보인다.

1079 H 출생.

1090 N은 이제 매우 뚱뚱하고 게을러져서 60세에 은퇴한다. 마을의 많은 사람들이 짐작했듯이, 오랫동안 그의 일을 실제로 다 해 온 인물은 A이다. A는 이제 마흔 살이 넘어 보이고 최고 요리사로 임명된다.

1091 S는 넬과 결혼한다. S는 28세, 넬은 26세이다. 그들의 결혼이 연기되었던 것은 S가 요정나라를 여행했고 아버지의 일을 더 많이 떠맡아야 했기 때문일 것이다. S는 결혼 직후 몇 년간은 요정나라에 거의 가지 않았고 경계를 넘지 않았던 듯 보인다. 그가 요정나라로 긴 여행을 떠난 것은 대체로 1098년과 1108년 사이, 그리고 1115년과 1120년 사이일 것이다.

1093 NDS(낸) 5월에 출생.

1095 A는 H를 도제로 지명한다.

1096 YS(네드)가 봄철에 태어난다. 겨울에 24 축제가 열린다. A가 처음으로 관장한 축제고 "기억에 남는 최고의 축제"라는 찬사를 받는다.

1104 OS 사망(77세).

1105 OS의 아내 E 사망. S와 그의 가족은 작은 집에서 근방의 옛 대장간 집으로 이사한다. 그 집은 서쪽 도로에 있는데 그쪽으로는 마을의 제일 끝에 있는 집이다.

1108 S는 요정나라를 오랜 기간 방문하고 돌아오는데 춤추는 처녀가 준 살아 있는 꽃을 가져온다.

1112 NT의 아들 팀이 3월에 태어난다.

1117 낸은 작은 우튼의 톰 라이트와 결혼한다. 그는 먼 친척(팔촌)이고 G의 이모의 자손이다.

1118 낸의 아이이자 S의 손자인 톰네 아이가 가을에 태어난다.

1120 S는 요정나라를 마지막으로 방문하고 여왕을 만난다. 돌아오는 길에 A와 마주친다. 그는 별을 A에게 양도하고, A는 그것을 검은 상자에 넣는다. A는 늙은 N을 찾아간다. 24 축제가 열린다. 그 별은 팀에게 간다. A는 떠나겠다고 알린다. H는 1121년 초에 최고 요리사가 된다.

## 이야기의 결말에 대한 생각

요정 도제(실은 인간 세계에 '모험'을 하러 왔거나 임무를 수행하러 온 왕이라는 사실이 명백히 암시된)는 도제를 두었어야 했다. 요리사가 멀리 떠나면서 후계자를 남기지 않는 상황은 반복될 수 없다. 이야기에서 이것을 미리 언급했어야 한다. 그 도제는 누구인가? 대장장이의 아들은 아니다. 그랬더라면 요정 도제는 대장장이와 가까운 관계가 되었을 것이다. 물론 또다시 '요정 같은' 인물도 아니다. 요정 도제를 뒤이을 도제의 선택에 대해 아예 언급하지 않거나 아니면 누군가 의미 있는 인물이어야 한다. 어쩌면 노크스 영감의 아들?

대장장이가 별을 돌려준 후 집으로 돌아와서 어떻게 되었는지에 대해서 더 많이 덧붙여야 할까? 먼저 쓴 초고에서는 그가 요정나라에 돌아갈 수도 있다고 되어 있다. 그의 이마에 있던 별의 자국이 아직도 요정나라 주민들에게 보이기 때문이다. 그러나 그는 깊이 들어갈 수 없고, 새로운 곳에도 갈 수 없고, 이미 보지 못한 새로운 것은 볼 수 없다. (여기에는 물론 의미가 있다. 작가와 화가에게 창의력과 '비전'이 사라지는 때가 온다. 그러면 그들은 이미 보았거나 배웠던 것을 되돌아볼 수 있을 뿐이다.) 그러나 그것이 이야기의 전체적인 의미는 아니다. 이 이야기에는 희생이 내포되고, 신뢰를 품고 사물에 집착하지 않으면서 힘과 비전을 다음 세대에게 넘겨주는 일이 포함된다. 또한 또 다른 의미는 상상력의 비전으로는 충분하지 않다는 것이다. 그것은 심상이고 암시일 뿐이다. 지혜를 얻을 때 마음은 상상력에 의해 풍부해졌더라도 그런 방식으로만 인식할 수 있는 진실을 배웠고 멀리서 보았으므로 인간들의 세계와 요정나라를 떠날 준비를 해야 한다.

대장간 장면에서 아들은 명백히 인간의 세계에서 아버지[의] 일을 떠맡지만, '요정나라'에 대한 그의 예감은 아버지에게서 간접적으로 전해 들은 것을 결코 넘어서지 못할 것이다—아내와 딸은 어찌 되었을까? 집안에 아들과 아버지를 제외하고 아무도 없어야 한다고 나는 느낀다. 그러나 아내는 죽었을 리 없다—그것에 대한 언급이 미리 나왔어야 한다. 아무 언급도 하지 않는 편이 가장 편리하다. 그런데 가장 좋은 방법일까? 그러나 매우 '인간적'이고 가정적이며 평범한 분위기를 자아내야 할 것이다. 그래야 요정나라에서의 모험이 매우 동떨어지고 터무니없게도 보일 것이다.

? 그 딸은 결혼했어야 한다. 어쩌면 다른 마을의 남자와. 그의 아내는 딸의 첫 아이, 즉 대장장이의 첫 손자의 출산 때문에 예기치 않게 불려 갔다.

왕에게 보낸 전갈은 무엇일까? 그것은 무엇을 의미할까? 당신을 기다립니다. 이것은 돌아오라는 명령처럼 들릴 수 있다. 그러나 왕의 지상권은 유지되어야 한다. 그것이 아니면 그저 멀리 떠난 남편에게 보내는 아내의 전갈일 것이다. 이것은 그런 전달자를 통해 보낼 만한 전갈이 아니다. 혹시 중요하고 긴급한 전갈이라면, 요정나라의 영토와 통치 그리고 인간의 관심사를 넘어선 문제를 언급할 것이다. 어느 경우이든 여왕은 왕을 어디서 찾을 수 있는지를 적어도 알고 있음이 분명하고 더 신속하고 정통한 전달자를 보낼 수 있을 것이다. 때가 되었어요. 이 전갈은 합당하게 해석될 수 있다. 실은 대장장이와 관련된 전갈로서, 왕은 그 전갈을 받으면 여왕이 대장장이를 보았고 심리해 보았으며 이제 그가 그 별을 양도할 때가 되었다고 생각한다는 사실을 알 수 있다. (왕은 이미 그렇게 생각했지만 여왕은 그렇지 않았을 수 있다. 그는 여왕의 면담 결과와 의견을 기다렸을지 모른다.) 이 전갈은 대장장이와 관련되어 있고 그가 왕이 있는 곳으로 즉시 돌아가기 때문에 그에게 전달하도록 맡겼을 것이다. 여왕은 "만약 왕을 만나면"이라고 말했다. 그녀는 대장장이가 왕을 어떻든 알아볼 수 있을지 확신하지 못했다. 왕이 요정나라의 경계를 벗어나기 바로 전에, 자신을 알아볼 가능성이 더 높은 곳에서 대장장이와 마주치려 하리라는 것을 여왕은 알 까닭이 없었다. 만일 대장장이가 그를 알아보았다면, "때가 되었다"는 것은 더 의심할 이유가 없을 것이다.

원래는 대장장이가 왕을 자각하거나 알아보지 못했다고 암시하려는 의도였다. 그는 '도제'가 특별한 사람이라는 것을 늘 막연히 느끼고 있었고, 이제는 도제 역시 적어도 요정나라에서 거닌다는 것을 알게 되었다. 이제 그는 도제가 그 별과 관련해서 어떤 권위가 있다고 어렴풋이 느꼈고— 그 이상은 몰랐다. 그러나 왕은 명령이나 권위를 동원하지 않고 너그럽게 설득하여 그 별과 작별하도록 대장장이를 이끌었다.

그 전갈을 더 일찍 전달할 수도 있다. 그러면 왕이 자신을 드러냄으로써가 아니라 이런 식으로 양도하도록 꾀한다는 점에서 그의 지혜가 드러날 것이다. 어느 정도 그렇다.

"그 별을 어떻게 처리할 것인지……" 다음에.

그들은 더는 아무 말도 하지 않고 함께 걸어갔다. 그들은 요정나라의 경계를 넘었고 마을에 가까워지고 있을 때 갑자기 대장장이가 걸음을 멈추었다. "최고 요리사님." 그가 말했다. "무언가……" 그러고 나서 "때가 되었습니다."

계속 이어 가라. "알겠네. 이제 편안히 집으로 가게."

그들은 다시 걸음을 옮겼고 마침내 공회당에 이르렀다. 이 세상에서는 해가 지고 있어서 붉은빛이 창문에 반사되고, 큰 문 위의 금박 조각들이 붉게 빛났다.* 요리사는 뒤쪽의 작은 문을 열고 대장장이를 데리고 어두운 복도를 지나

* 이곳은 새 요리사가 직접 비용을 치러 다시 장식한 것이어야 한다.

저장실에 들어섰다. 그는 긴 양초에 불을 붙였고 찬장을 열고는 선반에서 검은 상자를 내렸다.

"……맑은 하늘에 달 가까이"까지 원고에 나온 대로 이어가라.

이제 쓰라: 그러고 나서 그는 깊은 숨을 쉬었고 자기 길로 걸음을 옮기기 시작했다. 그러나 그는 한 번 뒤돌아보았고 도제 요리사가 좁은 문간에서 당당한 모습으로 자기를 지켜보는 것을 보았다. 그들은 각자 작별의 인사로 한 손을 들었다.

짙어 가는 어스름 속에서 그는 이제 재빨리 자기 집으로 걸어갔다…….

하지만 그 전갈로 인해 어떻든 왕이 더 빨리 떠나게 될 것이다. 그의 목적은 달성되었고—아니면 그 별이 다른 아이에게 전해질 때 달성될 것이다. 석 달 후 다음 큰 파티가 열린 다음에—그러면 10월 초인데, 그는 도제에게 책임을 맡기고 곧 떠날 것이다.

의문: 도제가 그 뚱뚱하고 우쭐해하는 노크스 영감과 대

화를 나누는 다소 터무니없는 일화로 이야기를 마무리해야 할까? 원래의 구상은 왕-요리사가 노크스를 떠나기 전에 그의 정체를 밝히지만 노크스는 아무런 영향도 받지 않고 밥을 잘 먹은 후에 꾼 꿈 탓으로 돌린다는 것이었다. ? 새 도제는 대장장이의 별을 상자에 되돌려 넣은 것을 왕-요리사로부터 알았을 수 있다. (그러나 이렇게 하면 별의 파티에 대한 기억에서 우스운 부분을 잘라 내게 될 텐데, 실은 그것이 중요한 점이다.)

? 그 별이 누구에게로 가는지 말해야 할까 아니라고 생각한다.

# 큰 우튼의 대장장이 에세이

[이 에세이는 톨킨의 타자 원고에 가능한 한 철저하게 일치하도록 옮겼다. 그 원고에서 톨킨은 부차적인 정보를 본문 안에 주석으로 덧붙였고, 생각이 떠오르는 대로 문단 중간이나 때로 문장 중간에도 종종 써 넣었다. 주를 구별하기 위해서 붉은색으로 타자를 쳤기 때문에, 주는 본문 안에 완전히 들어 있으면서도 두드러졌다. 여기서는 주를 톨킨이 원래 썼던 위치에 그대로 넣었지만 더 작은 활자체에 회색으로 표시했다.]

이 짧은 이야기는 '알레고리'가 아니다. 물론 어떤 부분들에서 알레고리로 해석할 수 있기는 하다. 이 이야기는 '요정이야기'이다. 즉 '요정(fairies 또는 elves)'이라 불리는 존재들이 어떤 역할을 하고 인간과 관련하여 활동하며 '실제로' 존재한다고, 즉 인간의 상상력이나 창의력과 무관하게 자기 나름의 권리를 갖고 존재한다고 간주되는 이야기이다. 이 작품의 배경은 상상의 (그러나 영국의) 시골 지역에 동력 기계가 출현하기 이전으로 설정되었지만, 농사를 짓는 주위 환경에서 대체로 수공업자들로 구성된 번영하는 공동체가 설탕과 향료 같은 사치 수입품을 알고 사용할 수 있었던 시절을 배경으로 한다. 공동체 주민 대다수의 근면과 기술 덕분에 이런 번영을 누릴 수 있었지만 그 덕분에 많은 사람들이 천박하게 자기 만족감에 빠지고 상스러워지게 되었다고 여겨진다. 그러므로 이 이야기가 시작하는 시점에 '축제'는 대체로 먹고 마시며 축하하는 것이었고 춤이나 노래, 이야기 낭독은 경시되었음이 분명하다. 악기에 대한 언급은 전혀 나오지 않는데, (앞으로 보게 되듯 중요한) 하퍼의 이름만 예외이다. 공회당을 이제는 페인트칠하거나 장식하지 않았다.

우튼과 요정나라의 지리적 관계는 불가피하게, 또한 의도적으로 모호하게 그려져 있다. 이런 이야기에는 요정나라에 오갈 수 있는 길이 하나 또는 여러 갈래로 있어야 하고 적어도 요정들이나 혜택을 받은 인간들이 그 길을 이용할 수 있다. 그러나 요정나라와 (인간) 세계가 접촉하더라도 서로 다른 시공간을 점유하거나 다른 방식으로 시공간을 점유해야 한다. 그러므로 대장장이가 요정나라를 다소 마음대로 (특별한 혜택을 받았으므로) 들어갈 수 있는 듯이 보이지만, 그곳은 그 경계를 알 수 없는 땅이거나 세계이고 바다와 산이 있다. 또한 잠시 (저녁 산책에 들르듯이) 방문하는 동안에도 이 세상을 떠나 있는 동안의 헤아릴 수 있는 시간보다 훨씬 긴 시간이 흐를 수 있다는 것이 분명하다. 긴 여행 중에 가령 일주일간 집을 떠나 있다면 요정나라에서는 몇 달이나 몇 년에 해당하는 탐색과 경험을 쌓을 수도 있다.

지리를 보자면, 요정나라는 (또는 그 입구들은) 서쪽에 위치해 있다. 마을 사람들에게 세계의 경계는 "먼동쪽Far Easton에서 서쪽숲Westwood까지"이고, 그들과 같은 부류의 사람들이 사는 가장 동쪽의 마을에서부터 서쪽에 인접한 아직 개발되지 않은 숲까지를 뜻한다. 그러므로 우튼은 이질적인 숲 지대에 일찍이 인간들이 침입하여 정착한 곳을 뜻한다. 작은 우튼은 아직 숲속 개척지에 있는 마을이다. 숲은 큰 우튼의 서쪽 변두리에 여전히 인접해 있다. 대장간은 마을에서 서쪽으로 가장 먼 변두리에 (굳이 말하자면, 장작이 필요하기 때문에) 있다. 그래서 대장장이는 가족 외에 누구의 주목도 받지 않고 편리하게 숲에 들어갈 수 있고, '사업차' 여행을 다녀도 그의 행방이 뒷공론에 오르지 않았다.

많은 요정이야기는 요정나라에서 시간이 빨리 흐른다는 통념을 사용한다. 그래서 요정나라에 들어서는 사람은 어떤 사건을 잠시 경험하고 나온 후에 몇 년이나 심지어 몇백 년이나 흘렀다는 것을 알게 된다. 이런 도식은 인간이 과거에서 벗어나 (그에게) 미래의 시간을 접하게 되는—이런 이야기에서는 그것이 중요한 점이고 요정나라 자체는 진지하게 고려되지 않는다—단순한 장치라는 점을 제외하면 오류라고 나는 늘 생각했다. 어떤 종류의 요정나라든 진지하게 받아들인다면, 신빙성에 있어서의 오류이다. 실로 요정나라에 침입하는 인간들에게 그곳의 외견상 시간은 실제로 느껴지는 것보다 무한히 길다고 대개 이야기된다. 또한 실로 어떤 실제의 경험을 하는 데 걸리는 시간이 짧아 보였지만 일상사에 다시 접하면 훨씬 더 길었음을 알게 된다. 특히 독서를 하거나 연극을 관람하고, 파티에서 놀거나 친구들과 만나서 (주로 강렬한 흥미와 대체로 기쁨을 느끼며) 몰입하고 난 후에 이런 일이 일어난다. 이런 통념은 선술집에서 비롯되었음이 틀림없다고 나는 종종 말해 왔다. 일상적인 경험과 비교해 볼 때 선술집에서 친한 벗들과 앉아서 술을 마시며 이야기를 나눌 때처럼 시간이 재빨리 '날아가 버리는' 곳은 다시없기 때문이다. 여기에 일말의 진실이 있다고 확신한다. 그러나 다른 경험들도 있다. 특히 꿈을 꾸는 경험이 그러한데, 꿈속에서의 긴 (또는 충만한) 경험이 마음 외적 세계에서는 짧은 시간밖에 차지하지 않았음이 드러날 것이다. 단 하나의 공통된 척도는 아마 '이야기narrative' 일 것이다. 적절히 이야기하는 데 긴 시간이 걸리는 것은 긴 경험이다. (이야기를 하고 싶거나 해야만 할 때 이야기한다는 의미이다. 어느 날 '이야기할 것이 없다'라고 일기에 쓰는 사람은 아마 흥미로운 이야깃거리가 없다거나 나중에 찾아보려고 흔히 기록하는 종류의 사건이 전혀 없다는 뜻일 것이다.) '오, 몇 년의 시간만큼 위대한 몇 분이여!' 더 적합한 비유는 꿈일 것이다. 하지만 이 이야기의 요정나라는 특정한 곳이라는 것도 고려해야 한다. 우리가 이야기 '안에' 머무는 동안 요정나라를 받아들인다면, 그렇다면 분명히 요정나라의 지배자들—인간들에게 (꼭 제일가는 관심은 아니더라도) 자비롭게 관심을 느낀다고 제시되는—은 혜택을 입은 인간들이 그들의 정상적인 인간적 삶을 혼란에 빠뜨리지 않고 요정나라에서의 경험을 즐길 수 있도록 조처할 수 있어야 한다. 요정나라의 시간은 어떤 점에서는 근접해 있더라도 다를 수밖에 없다. 그들에게 인간의 시간은 요정나라의 시간보다 더 길다. 혹은 더 길 수도 있다. 왕은 우튼에서 58년간 머무른다.

장소에 대해 살펴보자면, 요정나라Faery의 '지리적' 경계 안으로 들어가면 요정나라의 시간으로 들어간다. 인간이 요정나라의 지리적 영역에 어떻게 '들어갈' 수 있을까?' 꿈이나 환영에서 들어가는 것은 아니다. 별이나 살아 있는 꽃, 요정 장난감 같은 물건은 요정나라에서 현실 세계로 넘어와도 그대로 남아 있다. 요정이야기에서 요정fairy의 세계로 들어가는 것은 대체로 땅속이나 언덕 또는 산 같은 곳으로 들어가는 여행으로 묘사된다. 여기서는 이런 여행의 기원에 대해서 관심을 두지 않겠다. 그 기원은 대체로 사망과 관련된 상상력에 있다. 그런데 그 기원은 종종 단순한 '합리화'—'요정'의 크기를 축소하는 것과 마찬가지로—로, 즉 인간이 사는 땅과 동일한 지리 안에 마술의 땅을 제시하는 수단으로 사용되었다. 그것은 방대한 지하 세계를 다루는 에드거 라이스 버로우의 이야기와 마찬가지로 신빙성도 없고 흥미롭지도 않다. 내게는 그것들이 만들어 내야 하는 바로 그런 '문학적 믿음'을 말살해 버리는 것으로 보인다.

내 상징은 사망과 관련된 밀교적 용어이든 유사 과학적인 용어에서든 지하 세계가 아니라 숲이다. 아직 인간의 활동에 영향을 받지 않고, 아직 그 활동에 지배되지 않은 (정복이 아니라 지배!) 지역이다. 만일 요정나라의 시간이 어떤 점에서 우리의 시간과 접한다면, 공간의 관련된 점들에서도 접하게 될 것이다—그것이 이야기의 목적에 들어맞는 지론이다. 숲의 어떤 지점에서 또는 숲의 경계 바로 안에서 인간은 이런 접점을 우연히 발견하고 거기서 요정나라의 시공간으로 들어갈 수 있다—그렇게 할 수 있도록 자격을 갖추었거나 허용되었다면 말이다. 이야기 속의 비교적 짧은 세월 (또는 이야기에 제시된 '역사적' 배경 속 인간의 몇 세대에 달하는 세월) 안에서 이 접점을 한번 발견한 사람들은 그것을 계속 알아보고 다시 방문할 수 있을 것이다. 그 접점에서 요정나라로 멀리 깊이 들어가는 것은 인간 중심적인 친숙한 세계로부터 더더욱 멀리 벗어나는 것을 뜻한다. 그러나 이 이야기에서 숲과 나무는 중요한 상징으로 남아 있다. 그것들은 대장장이가 여왕과 작별하기 전에 '기억하고' 기록한 네 번의 경험 중 세 번에 등장한다. 첫 번째 경험에는 등장하지 않는데, 그 시점에 그는 요정나라가 '무한'하고, 인간과 무관하며 인간이 꿰뚫을 수 없는 방대한 영역과 사건에 주로 관련되어 있다는 것을 알게 되기 때문이다.

우튼 마을은 명백히 다음과 같은 상황에 처해 있다. 그 지역의 목적을 위해서 마을을 다스린 위원회가 있었는데, 그들은 중요하고 가장 번창하는 '수공업crafts' 수장들의 집단이었을 것이다. 수공업은 아직 전통적이었고 대체로 세습할 수 있었기에 아버지에게서 아들에게로, 어머니에게서 딸들에게로 전수되었다. 하지만 자식이나 적절한 능력을 가진 사람이 없는 곳에서는 장인이 '도제'를 받아들일 수 있었고, 그것은 대개 그 가정에 들어가 가족처럼 산다는 의미였다. 고유한 성은 없었다. 스미스(대장장이), 쿠퍼(통 제조업자), 밀러(방앗간지기), 라이트(목수), 위버(방직공. 여자들의 경우는 웹스터), 스톤라이트(석공) 등의 성은 그 이름으로 불리는 사람이 실제로 그 일에 종사한다는 뜻이었고 몇 가지 경우에는 상인을 뜻했다. 가령 번창하는 마을에서 '수입' 상품을 거래하는 드레이퍼(포목상), 스파이서(향신료상), 챈들러(잡화상) 같은 성이 있었다.* 아이들에게는

*노크스Nokes는 의도적인 예외에 해당하는 이름이다. (참나무Oak 숲 옆에 살고 있던) 그는 '지리적' 이름을 갖고 있다. 그는 수공업자 조직에 속하지 않는다. 그는 '재산'이 있고, 즉 마을 바깥의 땅을 조금 소유하고 있고, 인근 지역의 소작농이나 농부 출신이라는 사실이 드러날 것이다. 이런 경우나 또는 수공업에 종사하는 사람들이나 가족들이 여럿 있을 경우에 '타운센드Townsend(의)'처럼, 즉 '중심가의 끝, 마지막 집에 사는'처럼 추가적인 정보가 덧붙을 수 있다.

아버지의 직업명 뒤에 또는 여자아이들의 경우에는 때로 어머니의 직업명 뒤에 '웹스터네 패니'처럼 간단한 이름이 붙었다. 선택된 이름은 네드, 팀, 톰, 넬, 낸 등 단순하게 축약된 이름이라서 원래 형태와의 관계를 거의 드러내지 않는다. 그렇기 때문에 요정 도제에게 앨프라는 이름을 사용할 수 있다. (이 이름은 최고 요리사가 그를 소개하면서 붙였음

이 분명하다.)

요리는 예외적인 일이었다. 인정받고 존중받는 기술이었지만 가족이 함께 종사하는 직업이 아니었고 또한 일반적으로 생계 수단으로 여겨지지 않았다. 그 마을에는 음식점에 해당하는 것이 없었다. 용무차 들린 외지인들은 한 여관에서 음식과 잠자리를 얻을 수 있었다. 당시 그곳은 오로지 여관이라고만 불렸고, 문 위에 달린 조각된 돌이 세월의 흐름에 따라 많이 마모되었지만 돌 위에 또렷이 새겨진 세 그루의 나무와 Welcō to þe Wode(오신 것을 환영합니다)라는 글자는 여전히 볼 수 있었다. 하지만 마을 사람들은 여관을 이용하지 않았다. 가정에서 여자들과 남자들이 요리를 했고, 여자들이 분주하게 수공업에 종사하지 않는 경우에는 대체로 여자들이 요리했다. 그러나 최고 요리사는 공적 인물이었고 중요한 사람이었다. 그의 보수와 공적 축제를 위한 물품은 공적 기금에서 제공되었다. 그의 직위는 세습되는 것이 아니었고, 가급적 요리의 맛과 재주에 따라 선출했다. 대개는 최고 요리사가 은퇴하기 전 적절한 시기에 도제를 선발하고 훈련시켜서 계승하게 했다. 도제는 물론 대체로 그 마을 출신의 젊은이였다. 최고 요리사라는 직위는 선

망의 대상이었고 회당에 인접한 요리사의 집도 함께 제공되었으므로 도제가 되기를 원하는 사람이 보통 여럿 있었다. 하지만 그 직을 계승하기 전에 아주 오랜 시간을 기다릴 수도 있었다. 최고 요리사는 도제가 달성한 수준에 만족하면 언제라도 은퇴할 수 있었다. 하지만 그에게 은퇴를 강요할 수는 없었고, 상당한 연금과 편안한 집이 제공되었어도 은퇴를 원치 않는 경우가 종종 있었다. 어쨌든 그가 은퇴하면 아무런 토론 없이 도제가 계승했고 매우 특이한 상황에서만 예외가 있었다.*

*그런 일련의 상황이 이야기에서 발생한다. 최고 요리사가 도제를 임명하기 전에 또는 도제가 책임을 떠맡을 수 있을 만큼 잘 훈련되었거나 나이가 들었다고 여겨지기 전에 사망하거나 떠나 버린 경우이다. 이야기의 초반에 할아버지 라이더는 극히 예외적으로 기묘하게 행동한다. 그러나 도제에게 뜻밖의 사고가 일어날 수도 있다. 사실 할아버지 라이더는 (그 자신의 다재다능한 재주뿐 아니라) 그런 사고를 통해서 직위를 얻게 되었다. 최고 요리사(이미 연로해서 은퇴를 생각하고 있던)의 도제가 겨울 축제가 열리기 얼마 전에 격렬한 폭풍이 몰아친 날 나무

가 부러지는 바람에 사망했다. 그 긴급한 상황에 라이더는 일손을 보태겠다고 자청했고, 오래지 않아 재주가 많다는 것이 드러나자 몇 년 후 최고 요리사는 은퇴하면서 그에게 직위를 넘겨줄 수 있었다.

'할아버지 라이더'는 이 이야기에 담긴 중요한 사건들이 벌어지도록 야기한 듯한 분명 놀랍고 특이한 인물이었다. 그의 이름 라이더Rider는 중요한 '수공업'에 종사하거나 그 구성원이 아니라는 것을 드러낸다. 라이더 가족은 말에 관심이 있었고, 말을 훈련시키거나 치료할 뿐 아니라 지역의 우편배달 업무에 해당하는 일을 함으로써 생계를 이어 갔다. 그들은 긴급한 전갈이나 편지를 전달했는데 때로는 특히 멀리 있는 이웃 마을과 농장에 꾸러미를 전달하고 종종 비슷한 일거리를 맡아서 돌아오곤 했다. 그 집안의 막내아들 롭에게 이런 일이 특히 잘 맞았다. 그는 작은 우튼의 파이퍼(피리 부는 사람) 집안 출신인 어머니를 많이 닮았는데, 가만히 있지 못하고 모험심이 강했다. 열다섯 살밖에 되지 않았을 때 그는 이런 심부름 일을 시작했고 오래지 않아 유명해졌다. 그가 신속하고 정확하게 전갈을 전하거나 심부름을 해 주었고 돌아와서는 보고 들은 것을 고자질하지 않았기 때문이었다. 얼마 후 그는 큰 우튼에서 살기를 그만두고, 어쩌다가 자기 편의에 따라 비정기적으로만 돌아왔다. 그는 '여행자', 즉 고정된 주거지나 생계 수단이 없는 사람이 되었다. 이 시기에 많은 소문이 돌았지만 그의 여행과 모험에 대해 실제로 알려진 것은 전혀 없었다. 그런데 어느 날 그가 돌아왔다. 돈이 있는 듯이 보였고 아내를 데려왔다. 그녀는 로즈라는 이름의 젊고 아름다운 여자였고, 작은 우튼 너머 멀리 떨어진 월튼 마을의 생스터(노래하는 사람) 집안 여자였다. 당시 그는 적어도 서른다섯 살은 되었을 텐데 그보다 훨씬 어린 여자였다.

2년 후에 그들의 딸 엘라가 태어났지만 그 어머니는 출산 중에 죽었다. 소년 시절의 라이더를 알고 있던 사람들에게 이미 조용하고 생각이 깊은 사람으로 달라진 듯했던 라이더는 이제 슬픔에 잠겨 과묵해졌다. 그가 낮에 나다니는 것은 거의 볼 수 없었다. 밤늦게나 동트기 전에 일찍 밖에 나온 사람들은 어쩌다 홀로 걷는 그를 보았다. 그 이듬해는 엄청난 눈 폭풍으로 시작해서 연말까지 계속 거센 폭풍이 몰아친 고약한 해로 우튼에서 오래 기억되었다. 12월 초에 몰아친 강풍이 마을에 큰 피해를 입혔고 많은 고목을 쓰러뜨렸다. 당시 최고 요리사의 도제는 라이더와 거의 동년배인 라이트라는 유능하고 호감을 받는 사람이었는데, 늙은 요리사가 오래지 않아 은퇴할 생각이었으므로 곧 최고 요리사가 되기를 기대하고 있었다(그리고 그렇게 예상되었다). 불행히도 라이트는 바로 해 질 무렵에 부엌에서 나와 자기 집으로 걸어가다가 그때 일어난 엄청난 돌풍이 그의 집 옆에 서 있던 물푸레나무 고목을 쓰러뜨리는 바람에 나무에 깔려 죽었다.

마을 사람들은 슬퍼했고, 최고 요리사는 경악했다. 겨울 축제가 코앞에 다가오고 있는데 유능한 조력자가 없었던 것이다. 다음날 라이더는 부엌에 가서 그 노인을 최대한 도왔다. 저녁이 되기 전에 부엌은 과거의 어느 때보다도 잘 정돈되었고, 축제를 준비하기 위한 새로운 계획이 세워졌다. 라이더는 집으로 가려고 준비하면서 말했다. "새 일손이 있어야겠습니다, 최고 요리사님. 제 손이 슬픔과 괴로움에 잠기신 요리사님께 조금이라도 도움이 된다면 그렇게 말씀해 주십시오. 그러면 저를 필요로 하시는 한 돕겠습니다."

이렇게 되어 라이더는 최고 요리사를 보조하게 되었다.

라이더는 많은 지식을 보여 주었고 아주 신속하게 배우는 뛰어난 재능을 드러냈으므로 (그가 방랑하던 시절에 떠돌던 소문 중에 그가 요리를 배울 기회를 얻었으리라는 소문은 없었기에) 그 자신뿐 아니라 마을 사람들도 놀라워했다. 겨울 축제는 잘 치러졌고, 이듬해 축제가 되기 전에 라이더가 정식 도제로 받아들여졌다고 알려졌다. 라이트가 사망하고 6년 후에 최고 요리사가 은퇴했을 때 승계 문제에 대해서 의문의 여지가 없었으므로 라이더는 최고 요리사가 되었다. 그는 활동적이었지만 여전히 과묵했고 좀 슬픈 표정이었다. 퉁명스럽거나 불친절하지는 않았지만 남들을 즐겁게 해 주는 일을 하며 기쁨을 느끼는 것이 분명했고, 스스로는 거의 동참하지 않았지만 남들이 흥겨워하면 즐거워했다. 그의 마음은 어딘가 다른 곳에 떠나 있는 것 같았다. 자기 의무를 그처럼 신속하고 능숙하게 처리한 사람에 대해서 그렇게 말할 수 있다면 말이다. 그가 최고 요리사가 되고 4년 후에 치러진 24 축제는 주목할 만했고, 지금껏 살아온 사람들의 기억에 최고의 축제라고 평가되었다. 또한 가장 흥겨운 축제였다. 오랫동안 도외시되었던 노래와 춤이 오락의 일부로 다시 도입되었던 것이다.

라이더가 최고 요리사로 재직한 기간의 남은 역사는 이야기 속에서 언급된다. 그는 쉰두 살이 되었어도 아직 도제를 정하지 않아서 약간 우려를 불러일으켰다. 아직 도움이 필요한 것은 아니었다. 라이더는 활력적이었고 충분한 역량이 있었다. 그의 딸 엘라도 매우 훌륭한 요리사여서 사적인 가족 파티나 축제 기간 중 급한 때에 종종 도왔다. 설거지나 청소, 준비와 식탁에서 시중드는 것 따위의 사소한 일에 대해서는 언제나 일손을 충분히 구할 수 있었다. 위원회의 고민거리는 승계 문제였다. 이때쯤 노크스라는 청년이 자신을 써 달라고 신청했다. 라이더는 그가 마음에 들지 않았지만 후계자를 훈련해야 한다는 압박 때문에 그를 시험해 보았다. 노크스는 요리에 대해 어느 정도 알고 있었지만 스스로 생각하는 만큼 많이 아는 것은 아니었다. 그는 신속히 배우지 못했기에 가르치기 어려웠고, 잘못을 바로잡아 주면 좋아하지 않았다. 뭔가를 어렵다고 생각하면 곧 포기했고 그것을 하찮은 일로 여기는 척했다. "그저 허울만 좋은 장식일 뿐이야." 그는 말하곤 했다. "어떤 사람들은 그런 것을 좋아하겠지만 꼭 필요한 건 아니지." 라이더는 그를 도제로 임용하지 않았다. 얼마간은 아주 바쁠 때 도와달라고 불렀지만 오래지 않아 그와의 관계를 완전히 끊었다.

라이더가 도제를 구하라는 압박에 매우 완고하게 긴 세월 동안 저항한 것은 의심할 바 없이 노크스를 겪어 보았기 때문이었다(부분적으로는 그렇고, 다른 이유도 있었을 것이다). 그가 뜻밖에 휴가 여행을 떠나겠다고 마음먹었을 때도 도제가 없었다. 당시 그는 62세로 최고 요리사가 된 지 18년이 지난 시점이었다. 그는 봄철에 딸이 대장장이(정확히 말하면 서쪽편의 대장장이 조*)와 결혼식을 올린 직후에 길을 떠났다. 그러므로 성대한 봄 축제는 끝났지만 연중 가장 바쁜 시기가 다가오고 있었다. 하지만 엘라가 요리를 떠맡을 수 있었고 친구들의 도움을 받았다. 그녀는 노크스를 싫어했기에 그와 어떤 관련도 맺지 않았다. (노크스가 "부엌에 들어갈 옆문을 찾으려고" 몇 년 전에 그녀에게 청혼했었다는 소문이 있었다.)

*마을에 대장장이가 여럿 있었기 때문에 그는 그렇게 불렸다. 그런데 조는 마을의 서쪽 변두리에 오래된 대장간을 소유한 장인의 아들이었다. 조는 자기 일에 헌신적이었고 그에게 다소 지배적이었던 부친에게도 헌신적이었다. 조는 그의 (여러 아이들 중) 막내였고 외아들이었다.

> 조는 부친이 죽은 다음에야 결혼을 생각했다(혹은 생각할 수 있었다). 당시 그는 서른다섯 살이었고 엘라는 스물다섯 살이었다. 부친과 달리 조에게는 가장 큰 아이가 아들이었는데 바로 이 이야기의 대장장이(대장장이의 아들)이고 다음으로 세 딸이 이어졌다.

롭 라이더가 '휴가를 보낸 해'의 겨울에 태생을 알지 못하는 도제를 데리고 돌아오기 전의 '외적' 이력은 이러했다. 이 '소년'을 라이더는 분명 매우 좋아했다. 그들은 친밀하고 신뢰하는 관계였다. 라이더는 소년을 (어린 나이에도 불구하고) 특출한 능력을 가진 인물로 여겼고, 최고 요리사가 갑자기 떠날 때 일어날 난국을 소년이 모두 수습할 거라고 믿었다. 아무 예고도 없이 떠나면서 라이더는 도제가 승계하기를 기대하거나 적어도 바랐을 것이다. 위원회가 논의할 시간도 없이 또는 그에게 압력을 넣을 시간도 없이 갑자기 최고 요리사 자리가 공석이라는 것을 알게 된다면 도제의 승계를 허락하리라고 말이다. 노크스가 교묘하게 그 자리를 차지하게 되리라고는 꿈에도 생각하지 못했다. 도제 앨프가 어떻게 생각했을지는 또 다른 문제이다. 그러므로 앨프와 라이더의 예전 생활을 짐작할 수 있는 대로 살펴볼 필요가 있다.

의심할 바 없이 라이더는 앨프Alf가 변장한 요정Elf이라는 것을 알고 있었다. (그가 소년에게 붙여 준 앨프라는 이름은 마을에서 꽤 평범한 이름이라서 별다른 의심을 사지 않고 넘어갈 수도 있지만 이런 사실을 드러낸다.) 그러나 라이더가 소년의 정체를 알지 못했다는 것도 명확하다. 그는 소년이 "요정나라의 위대한 분"의 특사이자 시종일 거라고 가정했고, 그들의 목적을 이루기 위해 스스로도 동참하여 도왔으므로 그 목적에 대해서 약간은 알고 있었음이 틀림없다.

이 모든 것들이 이야기에 모호하게 남아 있지만, 다음에 나오는 '배경'을 보면 사건들을 설명하는 데 도움이 될 것이다. 이 지역의 서쪽 마을들, 특히 우튼과 월튼은 원래 요정나라와 인간들이 사는 지역의 중요한 접점이었다. 그 지명들이 암시하듯이 그 마을들은 예전에 실제로 숲의 경계 안쪽에 있었다. 작은 우튼은 여전히 숲에 둘러싸여 있고, 월튼은 숲속으로 더 깊이 들어간 곳에 위치해 있다. 이 세 마을 사람들의 혈통은 밀접하게 연관되었고, 적어도 두 우튼 마을 사이에서는 아직도 빈번하게 혼사가 치러졌다. 하지만 월튼은 당시 기묘하고 구식인 사람들이 많은 곳으로 여겨졌다. 숲속 깊이 들어간 곳에 있기 때문이거나 아니면 그저 더 멀리 떨어져 있어서 큰 우튼의 전달자rider들과 '여행자들'을 제외하면 찾아가는 자들이 거의 없기 때문이었다. (큰 우튼의 이른바 교역로는 대부분 동쪽으로 뻗어 나갔다.)

현재 우튼이 누리는 번영의 토대가 되었던 수공업이 처음에 명성과 상업적 성공을 거둔 것은 실제로는 요정나라와 접촉하면서 얻었던 특별한 기술과 '예술적' 품질 덕분이었다. 그러나 상업적인 성공이 한동안 영향을 미치게 되면서 마을은 안락해지고 자기만족에 빠져들었다. 생산물의 예술적 가치가 떨어졌다. 또한 전통적인 손재주도 어느 정도 쇠퇴했지만 아직은 시장에 영향을 미치지 않았다. 그러나 마을은 알지 못하는 위험에 빠져 있었으니, 마을의 재화가 줄어들고 있다는 것이었다. '명성'과 동쪽 고객들과의 기존 거래로는 영원히 번영을 누릴 수 없고 그저 근면함과 사업 감각만으로도 영속될 수 없었다. 만일 마을 사람들과 요정나라를 연결하는 끈이 끊어진다면 마을은 추레한 시작점으로 되돌아갈 것이다. 사실 마을에서 매사가 순조롭지 않았다. 시장성이 있고 수출할 수 있는 수공업에 종사하는 사람은 점점 부유해지고 자만심이 강해졌으며 마을위원회를 지배했다. 반면에 소규모의 거래와 전문업, 특히 지역 내에서만 통용되는 업종은 침체했다. 많은 사람들이 가업을 이어 가기를 포기하고 대장장이와 목수, 방직공에게 고용되었다. 세저(이야기꾼), 그리고 파이퍼(피리 부는 사람)와 하퍼(하프 연주자), 크루서(크루스 연주자), 피들러(바이올린 연주자), 호너*(뿔나팔 부는 사람), 생스터(노래하는 사람) 같은 음악가와

*여기서는 뿔을 재료로 다루는 직공이 아니라 '호른' 연주자를 의미한다. 이 사람들은 악기를 만드는 재주도 있었는데, 과거에는 수요가 어느 정도 있었지만 이 소규모 직종은 쇠퇴했다.

디자인과 그림, 조각 또는 아름다운 물건을 주조하는 기술이 있는 사람들이었다. 염색업자들은 (매우 중요한) 방직업과 관련된 덕분에 여전히 번창했지만 (스스로 알아차리지 못했어도) 취향과 재주를 잃어 갔다.

우튼의 통속화를 보여 주는 인물은 노크스이다. 그는 분명 좀 극단적인 경우이지만 그 마을에 급속히 퍼져 나가며 점점 우세해진 사고방식을 명확히 대변한다. 축제는 순전

히 먹고 마시는 행사로 바뀌고 있었고, 아니 벌써 바뀌었다. 노래, 이야기, 음악, 춤은 이제 축제에 포함되지 않았고—적어도 공적 기금에서 (요리와 음식 공급과 달리) 지원하지 않았다. 혹시라도 포함되는 경우가 있다면, 가족 파티에서 특히 어린아이들을 즐겁게 해 주기 위해서였다. 회당 건물은 잘 건사되었지만 이제는 장식을 하지 않았다. 사람들은 역사와 전설, 무엇보다도 '요정나라'와 관련된 이야기를 아동물로 간주했고 아주 어린 아이들을 즐겁게 해 주기 위해 생색내면서 참아 주었다.

이런 상황은 요정나라의 우려를 일깨웠음이 분명하다. 왜 그럴까? 요정나라는 그 나름의 독자적인 방대한 세계이고, 인간에게 의존해서 존재하지 않으며, 기본적으로 또한 실로 대체적으로 인간과 무관한 세계라는 것이 명백히 드러난다. 그러므로 그 관계는 사랑의 관계여야 한다. 요정나라의 중요하고 우세한 주민인 요정 종족Elven Folk은 인간들과 궁극적인 연대감을 갖고 있고 인간들 전반에 대한 영속적인 사랑을 갖고 있다. 그들은 인간들을 도와야 할 도덕적 의무에 묶여 있지 않고 인간들의 도움을 (인간사에 있어서만 제외하고) 필요로 하지 않지만 이따금 인간을 도우려 애쓰고 인간들에게 미칠 해악을 방지하려 하며 인간들과, 특히 그들이 적합하다고 생각하는 어떤 남자들과 여자들을 통해 관계를 맺으려 한다.* 그러므로 그들 요정 종족은 인간들에게 '자비로운' 존재이고

*그들은 물론 '도덕적' 의무(우리가 알지 못하는 도덕적 구속력)를 가질 수 있다. 그것은 '연대감'이라는 단어에 함유되어 있을 수 있고, 또한 궁극적으로는 요정나라의 적(또는 적들)은 인간의 적과 동일하다는 사실에서 기인한다. 확실히 여기 묘사된 요정의 세계는 인간들과 별개이지만 인간 세계의 존재와 무관하지 않다. 인간들에게 그들의 거주지로 알려진 세계는 인간 없이 존재했고 존재할 수 있지만, 인간은 그 세계 없이 존재할 수 없다. 어쩌면 요정의 세계는 우리의 세계 없이 존재할 수 없고 우리 세계의 사건들에 영향을 받을지 모르고—그 역도 사실일 수 있다. 두 세계의 '안정'은 상대 세계의 상태에서 영향을 받는다. 우리에게는 요정 종족이 자기들의 영역을 관리하고 보호하는 것을 도울 능력이 없지만, 요정들은 우리 세계를 보호하는 것을 도울 (내부로부터 협력을

찾아내는 데 달린) 능력을 갖고 있다. 특히 인간의 발전이 자기들 세계의 훼손이나 파괴로 나아갈 때 방향을 다시 설정하도록 도울 수 있다. 그러므로 요정들은 자신들의 이익이 인간사에 걸려 있음을 깨달을 수도 있다.

순전히 이질적인 존재는 아니지만 요정나라 그 자체의 많은 물체와 생명체 들은 인간에게 이질적이고 심지어 적극적으로 적의를 드러낸다. 그들의 선의는 두 세계의 관계를 지키고 복원하려는 노력에서 주로 드러난다. 이 요정나라의 사랑이 인간의 충실하고 온전한 발달에 반드시 필요하다는 것을 요정들은 (일부 인간들도) 깨닫고 있기 때문이다. 요정나라의 사랑은 사랑을 사랑하는 것이다. 생물이든 무생물이든 모든 사물에 대한 관계는 사랑과 존중을 내포하고, 소유와 지배의 정신을 제거하거나 조절한다. 그것이 없다면 명백한 '유용성'이라도 실로 쓸모가 줄거나 무자비함으로 바뀌어 궁극적으로 파괴적 권력에 이를 뿐이다.* 이 이야기에서 도제 관계는 그래서 흥미롭다. 인간은 활동의 많은 부분에서 요정 종족과 관련하여 도제의 위치에 있고 그래야 한다. 쇠락의 길에 들어선 우튼을 구하기 위해

*이런 이유 때문에 요정 종족은 인간이 마술이라든가 그

와 비슷한 이름으로 부르는 자신들의 능력이 부여된 기구를 어떤 인간에게도 사적으로 소유하도록 주기를 꺼린다. 대부분의 인간은 분명 그 기구를 개인적 권력과 성공을 얻기 위한 도구로 오용할 것이다. 모든 인간이 사적 소유물로 그것에 집착할 것이다.

요정들은 상황을 역전시켜서 요정나라의 왕이 직접 마을에 와서 도제로 봉사한다.

이렇게 주선하는 사람이 라이더이다. 젊은 시절에 여행하면서 라이더는 숲에 이끌렸다. 어느 시점에, 아마 열여덟 살이 되었을 때쯤 그는 과감하게 숲에 들어섰고 '우연'히 요정나라의 한 '입구'를 발견했다.*

*요정들이 이렇게 되도록 조처했거나 기다렸을 것이다. 그들은 마을 사람들에 대해, 마을 사람들의 혼인과 세습에 대해 상당히 잘 알고 있음을 보여 준다. 그들이 어떻게 알게 되었는지는 밝혀지지 않는다. 하지만 이야기의 사건들을 보면 요정들이 변장을 하고, 특히 '전달자들'과 '여행자,' 또는 품팔이 노동자로 변장하고 알아보는 사람 하나 없이 마을을 돌아다닐 수 있었으리라는 것이 드러난다. 그러므로 그들이 특별한 접촉을 위해 라이더를 선

택한 것은 이해할 수 있다. 젊은 롭 라이더가 처음에 그 지역을 방랑하면서 어울린 자들 중에 많은 이들이 실은 요정이었을 것이다. 그들은 그와 어울리고 이야기를 나누며 원하는 방향과 마음 상태로 그를 이끌었다.

그곳에서 라이더가 겪은 모험에 대해 우리는 아는 바가 없다. 그 모험은 분명 그가 열여덟 살부터 서른다섯 살 사이일 때 일어났다. 그의 모험은 대장장이에 대해 기록된 모험과 유사할 수 있지만 똑같지는 않을 것이다. 한 가지를 들자면, 라이더는 왕과 여왕의 존재를 알고 있었고 대체로 그들의 지시나 요청에 의해 인도되었지만 그 어느 쪽도 본 적이 없었음이 분명하다. 그는 심각한 위험에 빠졌을 수 있고, 그가 우튼으로 (휴식을 위해) 이따금 돌아오고 점점 말이 없어지며 깊은 생각에 빠진 것은 이런 위험 때문이었을 것이다. 35세에 아내를 데리고 우튼에 돌아와서 '정착'했을 때 그의 조용한 태도는 특히 눈에 띄었다.

요정 왕은 자신이 수행하려는 계획을 위해서 인간들이 요정나라에 대해 오랫동안 알았던 것보다 훨씬 많이 아는 인간이 필요하고 이런 '탐험가'들을 어느 정도 보호해 주어야 한다는 것을 알게 되었다. 그러므로 그는 은별의 징표 또는 배지를 고안했고, 그것을 고안해 냈거나 되살렸다. 그 자신의 배지는 이마에 붙은 빛나는 별이었다. 그 징표는 그것을 아주 작게 재현한 것이었다. 그 별을 단 사람은 그러므로 (마치 왕관과 OHMS라는 직인이 찍혀 있듯이!) 신임을 받았고, 왕에게 봉사하거나 왕의 호의를 받는 인물로서 모든 요정 종족의 안내와 보호를 받았다. 그러나 그 별은 왕의 소유물이었으므로 양도하거나 물려줄 수 없다.*

*또한 그 별을 단 사람이 요정나라에서 마음대로 행동하거나 원하는 곳에 갈 수 있는 권리를 부여해 준 것은 물론 아니었다.

라이더는 훗날 요정나라를 방문했을 때 어느 시점에 그 별을 받았음이 분명하다. (변장을 하지 않았다면) 왕이 직접 준 것이 아니라 왕의 사신에게 받았으므로 라이더는 처음부터 그 별의 성격과 목적을 어느 정도 알았고 큰 호의를 깨달았으며—조만간 돌려줘야 한다는 것도 알았다. 라이더는 윌튼의 아름다운 로즈 생스터와 사랑에 빠져 결혼했을 때 요정나라를 방문하는 것을 그만두었을 수 있다.* 그는 우튼으로 돌아갔다.

*이 이야기에서 세습은 중요한 역할을 한다. 라이더의 어

머니는 작은 우튼의 파이퍼 집안 출신이었다. 그의 아내는 더 '전통적 방식을 고수한' 월튼의 생스터 집안사람이었고, 그곳은 요정들의 전통(그리고 접촉)의 맥을 잇고 있었다. 그의 딸 엘라를 통해서 요정들의 기예는 대장장이의 뛰어난 기술과 결합되었다.

그러나 아내의 죽음으로 그에게 재앙이 덮쳤고, 이듬해에 그는 빈번히 은밀하게 요정나라에 갔지만 그 경계를 넘지 않았을 것이다. 최고 요리사의 도제로서 그는 이목을 끌지 않고 잠시 방문할 기회를 계속 찾았을 것이다. 그러나 그가 마흔네 살에 최고 요리사가 되었을 때 방문이 거의 중단되었음이 확실하다. 최고 요리사는 너무 이목을 끌었기에 (그리고 한 해의 아홉 달 이상은 너무 바빴기에) 오래 떠나 있을 수 없었다. 물론 그는 이따금 떠나기 위해서 월튼의 아내 친척을 방문하러 간다는 구실을 댈 수 있었겠지만 우리는 그런 말은 듣지 못했다. 그의 슬픔과 '마음이 어딘가 다른 데 가 있는 기색'은 의심할 바 없이 아내의 상실뿐 아니라 이런 박탈감 때문이었다. 불현듯 더 이상 견딜 수 없어지자 그는 예상 밖의 전례 없는 휴가 여행을 떠났다. 어디로 가는지 말하지 않았다. 아마도 월튼에 갔다가 처음에 요정나라에 들어간 지점에서 다시 들어갔을 것이다. (이 장소는 로즈와 관련이 있을 수도 있다. 그녀도 '요정나라 외곽 지대'를 방문했을 테고, 요정나라의 영역 안에서 그는 그녀를 처음 만났다.)

이런 방문 중에 그는 분명히 요정 종족과 다시 접촉했고, 도제 계획을 듣게 되었다. 이것은 왕이 (앨프로) 나중에 대장장이에게 다가가 말을 걸었을 때와 비슷한 방식으로 진행되었을 것이다. 그가 요정나라를 떠나려 할 때 마주친 어떤 요정이 왕의 인가를 받았다고 주장하며 자신을 도제로 데려가 달라고 말했다. 라이더는 동의했다. 물론 우튼으로 돌아가는 여행길에, 더욱이 3년간 '앨프'와 가까이 접촉하면서 라이더는 왕의 계획에 관해 많이 알게 되었다. 그는 앨프가 왕일 거라고 짐작하지 않았고, 왕의 허가를 받은 요정으로 받아들였다. 속으로 그는 앨프를 자기와 동등하거나 우월한 자로 대했다. 앨프가 어린 소년으로 우튼에 가겠다고 주장했을 때 라이더는 의심할 바 없이 처음에 놀랐고 당혹스럽기도 했다.* 그러나 앨프는 그럴 필요가 있다고 설명했다. '소년'으로 행세하는 편이 더 쉬웠다.

*라이더는 최고 요리사 직책에 진력이 나 있었고 도제가 확고히 자리를 잡는 데 필요한 시간보다 더 오래 직무를

수행할 의도가 없었으므로, 앨프가 너무 어려 보이는 것 때문에 곤란한 문제가 생길 것 같았다. 위원회는 도제를 선택하는 데 간섭할 권리가 없었던 것 같고, 거기에는 합리적으로 승계가 이루어지리라는 기대가 내포되어 있었다. 최고 요리사를 임명하는 것은 명목상 위원회의 소관이었지만 그들은 대체로 간섭하지 않았다. 하지만 최고 요리사의 부재 시에 (그가 임무 중에 사망하거나 또는 이 경우처럼 선례 없이 마을을 떠났을 때처럼) 위원회는 간섭할 권리가 있었다. 라이더는 공정하게 처신했었고, 앨프의 재주와 전반적인 능력을 (그의 생각으로는) 정중하게 칭찬했다. 그러나 체구가 큰 편이기는 하지만 기껏해야 열다섯 살쯤으로 보이는 소년을 최고 요리사로 임명하는, 터무니없는 상황에 직면하자 위원회는 이제 라이더의 소망과 반대로 자신들의 권리를 행사했다.

또한 앨프는 우튼에서 아주 오래 머물 작정이었고, 그의 계획에는 큰 케이크를 적어도 두 번 만드는 것도 포함되어 있었다. 그 케이크는 잊지 못할 것이 될 테고, 요리의 탁월함뿐 아니라 밝은 색깔과 흥겨움이 오래도록 '군림'하는 전통을 남길 것이며, 더불어 이것이 요정나라의 자비로운 개입 덕분이라는 소문이 돌 것이다. 그러므로 그가 인간처럼, 적어도 믿을 수 있는 속도로 나이 먹는 듯이 보이도록 시간을 넉넉히 잡을 필요가 있었다.

앨프 자신은 (그가 치유하러 온) 마을의 상황과 분위기 때문에 라이더가 떠나갔을 때 자신이 임명되지 않으리라는 것을 잘 알고 있었음이 분명하고, 도제로 남는 것에 만족했다. 물론 그는 그럴 생각이었다.

이런 상황에서 새로 선출된 최고 요리사는 적합하게 임명된 도제를 해고하고 싶었더라도 할 수 없었다. 자기 직책에 적어도 몇 년간 종사할 때까지는 가능하지 않았고 그때가 되더라도 도제가 무능하다는 명분을 효과적으로 제시할 수 있어야 한다. 노크스가 임명된 것은 실은 앨프의 계획의 일부였고 그에 의해 '준비'되었다고 추측할 수 있다. 3년이 지나며 앨프는 마을에서 '친구'를 사귀었고, 노크스에게 기회를 줘야 한다는 견해를 쉽게 퍼뜨릴 수 있었다. 이것은 실은 우튼의 천박하고 우쭐해하는 분위기의 핵심을 직접 공격한 것이었고, 그것이 바뀌기를 바라는 (크지 않지만) 희망이 약간 있었을 것이다. 하지만 노크스는 너무 허영심이 강하고 또한 너무나 옹졸한 인물임이 드러났다. 그는 약삭

빠르다고 할까 교활한 사람이라서 앨프가 자신에게 유용한 인물이라는 것을 잘 알았지만 앨프의 예의 바른 태도에 더욱 고압적으로 굴었을 뿐이고, 앨프의 도움에 고마움이 아니라 반감을 느꼈다. 하지만 노크스에게 한 가지 미덕이랄까 미덕의 흔적이 남아 있었다. 그는 아이들을 대체로 좋아하는 듯했다. 자기 방식으로, 즉 선심을 쓰듯이 경박한 태도로 좋아하는 것이었다. 하지만 그 덕분에 그는 적어도 애들을 즐겁게 해 줄 것*으로 '요정'을 받아들였고, 케이크 안에 '행운의 물건'을 넣는 것을 재미있어했다. 앨프는 이것을

*케이크 위에 '요정 여왕'을 장식한 것은 노크스가 생각해 낸 것일 수 있다. 너무 게을러서 직접 실행에 옮기지는 못했지만 말이다. 앨프는 노크스의 생각을 실행에 옮기지만 다만 그 나름의 방식으로 솜씨 좋고 아름답게 만들어 조야함을 덜어 낸다. 앨프는 노크스의 한 가지 고정관념, 즉 '요정'에게는 '마술 지팡이'가 있어야 한다는 어리석은 생각도 수용했다. 그것은 물론 여왕에게 모욕이었지만 그럼에도 불구하고 그것을 받아들인 사람은 요정나라를 '단 한 번 흘끗 볼' 수 있었다. 여왕이 나중에 설명하듯이.

이용했다. 노크스는 옹졸한 반면 앨프는 너그러웠다. 그는 노크스에 대해 (순전히 연민만은 아닌) 친절한 마음을 품고 있었던 듯하다. 아마 노크스가 이야기에 묘사된 아이들을 위한 파티 때 이외에도 (자기 관점에 따라) 아이들에게 친절했다는 사실에서 비롯되었을 것이다. 앨프가 몹시 늙은 노크스와 마지막으로 나눈 대화는 패배한 어리석은 적수를 괴롭히거나 고소해하는 것으로 받아들여서는 안 된다. 그것은 앨프가 떠나기 전에 화해에 이르려는 시도였고, 무슨 일이 일어나고 있는지를 어렴풋이라도 노인의 머릿속에 얼핏 보여 주려는 (다만 절망적인) 시도였다. 그 명예로운 별이 노크스의 후손에게 갈 거라고 마지막에 암시하려는 생각이 있었을 것이다. 그러나 터무니없이 무례한 노크스의 태도는—요정나라는 별도로 치더라도 어떻든 그의 상대는 그보다 더 오래 최고 요리사를 역임한 사람이었다—도저히 참아 줄 수 없을 정도였다. 앨프는 “그저 불쌍한 노인네”일 뿐이라는 노크스의 고백에 (비록 공포에 질린 고백이기는 하지만) 연민과 친절함을 보여 주며 응대했다. 그리고 한낱 꿈에 불과하다는 생각에서 노크스의 상처받은 자존심이 위안을 얻을 수 있도록 더욱 교묘하게 처리했다.

몇 가지 의문점이 남아 있다. 앨프는 마을에서 어떻게 받아들여지게 되었을까? 라이더는 휴가에서 돌아온 후 왜 명랑해졌을까? 그는 마지막으로 떠난 후 어디로 갔을까?

라이더는 큰 우튼에서 앨프를 소개할 때 '월튼 출신의 앨프'라고 말했을 것이다. 그에게 직종을 알려 주는 성이 없는 것은 어리기 때문이라고 설명될 수 있다. 우튼 마을에는 월튼 사람들이 지금은 구식이고 거의 왕래가 없지만 그래도 친족이라는 전통적 사고방식이 남아 있었다. 이런 사실이 상황에 잘 들어맞을 것이다. 머나먼 동쪽 마을에서 온 젊은이라면 분노를 샀을지 모르지만 한편으로는 더 정상적인 사람이라고 여겨졌을 것이다. 라이더의 아내는 월튼 출신으로 알려져 있었다. 많은 사람들은 앨프가 그녀의 친척이라고 가정했을 것이다.

라이더가 명랑해진 것은 자신의 곤경에 대한 해결책을 찾았다고 생각했기 때문이었다. 그는 젊은 아내가 죽은 후 암울한 시절에 요정나라와 접촉해 왔다. 그가 최고 요리사를 돕겠다고 자청하고 적절한 시간이 지나 최고 요리사가 된 것은 아마 왕의 (사절을 통해 전달된) 권고에 따른 것이었다. 그는 최선을 다했고 매우 훌륭하게 해냈지만 오래지 않아 그 직책과 세간의 주목, 그리고 자기 거동에 대한 제약에 넌더리가 났다. 18년이 지나자 그는 휴식을 취하지 않고는 더 이상 견딜 수 없었다. 그러나 '도제 계획' 덕분에 그는 마을에 실질적인 해를 끼치지 않고 직책을 그만둘 수 있고 또한 왕의 계획을 진척시킬 수 있다는 희망을 얻었다. 또한 요정나라를 방문함으로써 생기를 되찾았다.

그는 최소한의 시간만 직책을 수행하다가 다시 떠났고—월튼으로 돌아갔을 것이다. 앨프를 다시 만날 수 있으리라 생각했고, 자신이 이미 65세가 넘었으니 그리 오래지 않아 만날 거라고 생각했다. 요정나라의 영토 안에서 만남이 이루어지리라고 기대했음이 분명하다. 라이더는 이제 '별이 떼어졌지만' 적어도 요정나라 외곽 지대를 찾아가려고 계획했을 것이다. 그의 딸은 결혼해서 행복하고 분주하게 살았고 그는 홀가분한 기분이었다. 그는 월튼으로 돌아갔다. 오랫동안 익숙했던 '입구'를 통해서 요정나라에 들어갈 수 있었지만 아내의 친지들 사이에서 살아가며 남은 나날을 마감할 수 있었다. 대장장이의 경우에는 '별이 떼어졌을' 때 요정나라를 다시 찾아가려는 생각을 하지 않았다는 점을 주목할 수 있다. 그가 원했더라면 물론 그렇게 할 수 있었을 테지만 그 영토에 다시는 깊이 들어갈 수 없었을 것이다. 그의 경험은 라이더의 경우보다 훨씬 위험하고 숭고한 것이었음이 분명하고, 그는 '요정나라 외곽 지대'에는 이제 만족할 수 없었다. 그는 더 이상 '허가'받지 못하고 보호받지 못하는 여행을 자제하든지 아니면 유혹에 넘어가든지 양자택일의 상태였다. 그런데 그는 홀가분하지 않았다. 가족을 고려해야 했다. 특히 아들이 있었다. 아직 10년이나 15년 정도 열심히 일할 시간이 남아 있었고, 은퇴하기 전에 아들의 기술을 가급적 완벽하게 갖춰 주어야 한다. 그의 아들은 벌써 스물네 살이었지만 아직 결혼하지 않았다. 넬과 그의 딸 낸은 요정의 친구였을 테고 요정나라 외곽 지대에 가기도 했지만, 네드는 아버지에게 의존하고 있었다. 그는 '요정나라'를 오로지 나이 든 대장장이가 알려 준 지식과 아버지와의 친밀한 교류를 통해서 받아들일 수 있었다. 그러므로 그는 실용적이고 평범한 보통 인간이자 노동자들 중 하나였고, 바로 그들을 깨우쳐 주고 활력을 불어넣어 주는 것이 왕이 계획한 목적 중 하나였다.

알레고리는 찾을 필요가 없다. 이 짧은 이야기에 담긴 교훈은 내재되어 있고, 역사적 사건들에 대한 평이한 서술 못지않게 그 안에 존재한다. 그러나 (내 이야기들에서 대체로 그렇듯이) 종교가 없다는 사실이 주목될 것이다. 교회나 사원은 등장하지 않는다. 전문직 가운데 목사도 사제도 없다. 종교의식에 가장 근접한 것은 축제이다. 명칭이 붙은 유일한 축제인 한겨울의 '겨울 축제'로 판단하건대, 축제는 계절에 따라 봄과 한여름, 추수 등과 관련되어 있었다. 기원을 살펴보면 그런 축제는 '종교'와 분리될 수 없지만, 이야기가 시작될 무렵에 큰 우튼에서 축제에 더는 종교적 의미가 없었다. 현재 남아 있는 분기 시작일 그 자체에 종교적 의미가 없는 것과 마찬가지다. (어떤 권능이나 여러 권능의 비위를 맞추거나 탄원하거나 감사를 표하려는 의식이 거행되지 않는다.) 신앙심을 가진 사람이 쓴 이야기에서 이러한 사실은 종교가 없는 것이 아니라 내포되어 있음을 분명히 가리킨다. 이 이야기는 종교에 관한 것이 아니고 특히 종교와 다른 사물과의 관계에 대한 것이 아니다. 말하자면 그런 이야기로 제시되지 않는다. 아니라면 그 의미에 관한 짧은 에세이가 이야기보다 더 나았을 것이다.

공회당은 어떤 면에서는 명백히 마을 교회의 '알레고리'

이다. 최고 요리사는 공회당 가까이 붙어 있는 집이 있고, 그의 직책은 세습되지 않으며, 그 나름의 가르침과 계승을 제공하지만 '세속적'이거나 유리한 직종은 아니고 마을의 재정적 지원을 받고 있으므로 명백히 목사이자 사제이다. '요리'는 남녀 모두 실천하는 가사이니 곧, 개인적 신앙이고 기도이다. 최고 요리사는 한 해의 모든 종교적 축제를 관장하고 제공하며 또한 출생, 결혼, 사망 같은 일반적이지 않은 종교적 행사도 주관한다. 하지만 공회당은 이제 칠을 하거나 장식하지 않는다. 괴기한 괴물 석상이든 아름답고 종교적 의미가 담긴 것이든 옛 조각들이 조금이라도 보존되어 있다면, 그것은 순전히 관습 때문이다. 이 회당은 비바람을 막도록 건사되고 따뜻하게 유지된다. 그 회당에 관심을 쏟는다면 주된 목적은 그것뿐이다. 축제는 대중의 집회에 불과하다. 먹고 마시는 행사에 대화를 곁들일 뿐이다. 노래나 음악, 춤은 이제 포함되지 않는다. 교회는 '개혁'되었다. 더 '흥겨운' 날들에 대한 기억이 남아 있지만 마을 사람들은 대부분 그런 날들을 되살리는 데 찬성하지 않을 것이다. 최고 요리사 자신이 노래를 부른다면 그의 직분과 어울리지 않는 행위로 여겨진다.

근면함과 근실하고 고된 노동이 주로 권장되지만, 그런 근면함에는 이윤 동기가 우세해지고 있다. 상업적 이득이 적은 업종일수록 더욱 존중받지 못한다. (아직은 징후가 없지만 최고 요리사 직위가 폐지될 날이 멀지 않다고 느낀다. 그 회당은 수공업자 위원회의 소유물로 고작해야 사무소가 될 테고, 대규모 가족 행사가 있을 때 여유 있는 사람들이 빌려 쓸 것이다. 혹시 요리사가 남아 있다면 그들은 상인이 되어 손님들의 다양한 취향에 맞춘 요리점과 식당을 열 것이다.)

**그러나** 요정나라는 종교적인 곳이 아니다. 그곳이 천국이나 낙원이 아니라는 것은 꽤 명백하게 드러난다. 분명 그 주민들인 요정은 천사도, 신의 (직접적인) 특사도 아니다. 이야기는 종교 그 자체를 다루지 않는다. 요정들은 우튼에서 종교적 신심을 일깨우려는 계획으로 바쁘게 활동하는 것이 아니다. 요리의 알레고리는 그런 의미에 적합하지 않을 것이다. 요정나라는 가장 약한 지점에서 익숙함의 쇠고리로부터의 (적어도 마음속에서) 탈출을 나타내고, 나아가 익숙한 것들을 알고 소유하고 통제하고 있으며 그래서 (궁극적으로) 고려할 가치가 있는 것은 그것뿐이라는 철석같은 믿음의 고리로부터의 탈출을 의미하며—이 고리들을 벗어난 세계에 대한 끊임없는 의식을 뜻한다. 요정나라가 더욱 강렬하게 나타내는 바는 사랑이다. 즉 '무생물'이든 '생물'이든 만물에 대한 사랑과 존중이고, '타자'로서 만물에 대한 소유욕이 없는 사랑이다. 이 '사랑'은 비애와 기쁨 모두를 낳을 것이다. 이런 관점에서 본 사물은 존중받을 테고, 또한 즐겁고 아름답고 경이롭고 심지어 찬란하게 보일 것이다. 요정나라는 실로 상상력(이 단어는 가령 미학적 상상력, 탐구적 그리고 수용적 상상력, 예술적 상상력, 창의적 상상력, 역동적 상상력, (하위) 창조적 상상력 등 온갖 정의를 내포하므로 정의를 전혀 붙이지 않고)을 의미한다고 말할 수 있다. 이와 같이 우리에게 친숙한 교구 바깥의 무한한 세계에 대한 의식과 그 세계의 사물에 대한 (비애와 경탄에 찬) 사랑, 경이로움과 마법을 인지하고 마음에 품으려는 욕망이 결합된 복합체—이 '요정나라'는 자연계의 삶에 햇빛이 필수적이듯이 인간의 건강과 완벽한 기능에 필수적이다. 햇빛은 말하자면 흙과 다르지만 실은 그 속에 스며들어 흙조차 변화시킨다.

There was a village once, not very long ago for those with long memories, nor very far away for those with long legs. It was not very large, but a fair number of folk lived in it, good bad and mixed, as is usual, and some were a bit elvish, as was at that time also common enough. It was not a very remarkable village, except in one thing. It had a large Cook-house, and the Master Cook was an imporatant person; for the Cook-house was part of the Village-hall: the largest and oldest building in the place, and the only one that was really beautiful. In it once a week the vilagers had a meal together, and most of them came regularly, except the very old, or the very young, or any that might be ill. Also there were various festivals during the year, for which the Cook had to prepare special feasts.

There was one festival to which all looked forward, even the very old and the children, for it was the only one in the winter. It lasted several days, and on the last day at sundown there was an entertainment for children which they called a Party; meaning that only a part of the village children came to it (by invitation). There were never more than twenty four invitations and it was an honour to get one. I daresay that some who deserved one were left out, and some who did not were invited by mistake, for that is the way of things, however careful those who arrange such matters may try to be. Anyway it was sheer luck (as we say) if you happened to come in for a Great Party; for that was only provided once in twenty four years, and the Cook was supposed to do his very best for the occasion. Among many other delicious things which children especially liked (in his opinion), he usually provided a Great Cake; and by the success of that he was usually remembered, for no Cook ever had a chance of making

## ['큰 케이크'의 혼합 원고와 전사본]

옛날에 어떤 마을이 있었다. 오랜 세월을 기억할 수 있는 사람들에게는 그리 오래전도 아니었고, 다리가 긴 사람들에게는 아주 멀리 떨어진 곳도 아니었다. 큰 마을이었고 꽤 많은 사람들이 살았다. 항상 그렇듯이 좋은 사람들과 나쁜 사람들, 그리고 어중간한 사람들이 뒤섞여 살고 있었다. 어떤 사람들은 약간 요정 같았는데, 당시에는 아직 흔히 있는 일이었다. 그 땅의 종족이 존중을 받지는 않았지만 말이다. 그 마을은 한 가지만 제외하면 그리 놀라운 곳이 아니었다. 마을에는 큰 취사장이 있었는데 최고 요리사는 무척 중요한 인물이었다. 취사장은 마을 회관에 딸려 있었고, 회관은 그 마을에서 가장 크고 오래된 건물이었고, 실로 마을에서 아름다운 건물은 그곳뿐이었다. 마을 사람들은 일주일에 한 번 회관에 다 같이 모여 식사했다. 대부분 빠지지 않고 참석했고, 다만 너무 늙은 노인이나 아주 어린 아이, 병에 걸린 사람만 예외였다. 또한 연중 다양한 축제가 열렸는데 요리사는 축제를 위해 특별한 성찬을 준비해야 했다.

모두들, 아주 연로한 노인들도 기다려 마지않는 축제가 한 가지 있었는데, 겨울에는 그 축제밖에 열리지 않기 때문이었다. 축제는 며칠간 열렸고 마지막 날 해가 질 무렵에 아이들을 위한 오락이 있었는데, 아이들은 그것을 파티라고 불렀다. 마을 아이들의 일부만 (초대를 받아) 참석한다는 뜻이었다. (파티party는 '일단, 무리'의 의미도 있으므로 아이들의 일부part만 참석할 수 있다는 의미의 말장난—역자 주) 초대장은 스물네 장을 넘지 않았고, 그것을 받으면 큰 영광이었다. 초대될 만한 아이들이 제외되기도 하고, 그렇지 못한 아이들이 실수로 초대되기도 했다. 그런 일을 주관하는 사람들이 아무리 신중을 기하려 노력해도, 세상 돌아가는 방식이 워낙 그렇기 때문이다. 어떻든 큰 파티에 우연히도 가게 된다면 (말하자면) 정말 운이 좋은 것이었다. 그 파티는 24년 만에 한 번씩 열리기 때문이었다. 이 행사를 위해서 최고 요리사는 최고의 솜씨를 발휘해야 했다. 요리사는 (자기 생각에) 아이들이 특히 좋아하는 여러 가지 맛있는 요리 외에도 '큰 케이크'를 내놓았다. 이 케이크가 얼마나 훌륭했는지에 따라서

his name was remembered afterwards, for the Master Cooks seldom lived long enough to make more than one Great Cake.

There came a time, however, when the Master Cook reigning to ~~much~~/ everyone's ~~[illegible]~~ surprise ~~[illegible]~~, for it had never happened before, said that he wanted a holiday; and he went away, no one knew where, and when he came back he seemed ra*t*her changed. His cooki[ng] if anything was changed for the better, though some of his dishes and sweetmeats were new, and being unfamiliar were not to everyone's taste. He had *once* been a rather serious man who said very l*i*ttle, but now he was ~~m~~often joking, saying and doing quite ridiculous things, and at feasts he would insist on singing songs, which was not expected of Master Cooks. Also he brought with him an Apprentice; and that was astonishing.

It was not astonishing for the Master Cook to have an *a*pprentice. It was usual. The Master Cook chose one, and t~~h~~aught him all that he could; and as ~~[illegible]~~ they both grew older no doubt the *a*pprentice did most of the work, so that when the Master died or retired, there he was, ready to take over and become the Master Cook in his turn. But this Master had never chosen an *a*pprentice. He had always said 'Time enough yet'; or 'I'm keeping my eyes open, and I'll choose one when I find one to suit me'. But now he brought with him a mere boy, and not one from the village. He was lighter-built than/ most of the villagers ~~[illegible]~~, and quicker, soft-spoken and very polite; but ridiculously young for the job. Still choosing his apprentice was the Master Cook's affair, and no one had any right to interfere in it; so *the boy* was let be, and soon folk became to used to seeing him about, and he made some friends. ~~[illegible]~~

The next surprise came only ~~a year or two~~ later. One spring morning the Master Cook took off his tall white hat, folded up his clean aprons, hung up his white coat, took a stout ash stick and a small bag ~~on his back~~.

요리사의 이름은 훗날에도 기억되었다. '큰 케이크'를 한 번 이상 만들 수 있을 만큼 오래 산 최고 요리사는 거의 없었던 것이다.

그런데 어느 날 갑자기 최고 요리사가 휴가를 내야겠다고 말하는 바람에 모두들 놀랐다. 예전에는 그런 일이 없었던 것이다. 그리고 그는 가 버렸다. 어디로 갔는지 아무도 몰랐다. 그가 돌아왔을 때 좀 달라진 것 같았다. 몇 가지 요리와 사탕과자를 새롭게 선보였는데 익숙하지 않은 요리가 모두의 입맛에 맞는 것은 아니었지만 그래도 그의 요리는 더 훌륭해졌다. 그는 좀 진지하고 말이 거의 없는 사람이었는데 이제는 종종 농담도 하고 아주 우스운 말과 행동도 하곤 했다. 게다가 축제에서 노래를 부르겠다고 고집을 부렸는데, 그건 최고 요리사에게서 기대되는 일이 아니었다. 게다가 그는 도제를 한 명 데리고 왔다. 그것은 아주 놀라운 일이었다.

최고 요리사가 도제를 거느리는 것이 조금도 놀랍지 않았다. 그것은 늘 있는 일이었다. 최고 요리사는 도제를 선택했는데, 대개는 자기 아들이었고 자기가 할 수 있는 요리를 모두 가르쳤다. 그들 둘 다 나이가 들어가면서 도제가 일을 대부분 떠맡았고 그래서 최고 요리사가 죽거나 은퇴하면 도제가 임무를 넘겨받고 최고 요리사가 되었다. 그러나 이 최고 요리사에게는 아들이 없었고 도제를 선택하지 않았었다. 언제나 그는 "아직 시간이 충분하네"라거나 "나는 눈을 크게 뜨고 있어. 적합한 사람을 찾으면 선택하겠네"라고 말하곤 했다. 그런데 이제 조그만 소년을 데리고 온 것이다. 그 소년은 그 마을 출신도 아니었다. 아이는 대개의 마을 사람들보다 몸이 가볍고 잽싸며 목소리는 부드럽고 아주 공손했다. 하지만 그 일을 맡기에는 우스꽝스러울 정도로 어렸고 겉보기에는 십 대도 되지 않은 듯했다. 그래도 도제를 선택하는 것은 최고 요리사의 권한이었고 누구도 간섭할 권리가 없었다. 그래서 그 소년은 그대로 받아들여졌고, 오래지 않아 사람들은 주위에서 소년을 보는 데 익숙해졌다. 소년은 친구를 몇 명 사귀었다. 사람들은 대개 그를 도제라고 불렀지만 최고 요리사는 앨프라고 불렀다.

다음으로 놀라운 사건은 딱 3년이 지난 후에 벌어졌다. 어느 봄날 아침에 최고 요리사는 기다란 흰 모자를 벗고 깨끗한 앞치마를 개켜 흰 웃옷을 걸어 놓더니 단단한 물푸레나무 지팡이와 작은 가방을 집어 들고는,

and said good-bye. To the Apprentice; no one else was about. 'Good-bye for now, Edwy,' he said. 'I leave you to manage things as well as you can. I hope things go well. If we meet again, I expect to hear all about it. Tell them that I've gone on another holiday, a long one I hope; and that when that's over I shan't be coming back'.

There was quite a stir in the village when the Apprentice gave this message to people that came to the Cook-house. 'What a thing to do!' they said. 'And he's never made a Great Cake; it's still four years to the next. And what are we to do without any Master Cook?' But in all the arguments and discussions that followed nobody ever thought of making the young Apprentice into the Cook. He had grown a bit taller, but still looked like a boy, and he had only served for three years. In the end for lack of any better they appointed a man of the village, who had a good name as a cook in a private way, though he was not much of a baker. He was a solid sort of man with a wife and children, and careful of money. 'At any rate he won't go off without notice' they said; 'and even a poor dinner is better than none'.

[illegible]

Albert Nokes, for that was his name, was very pleased with the turn things had taken. For some time he used to put on the tall white hat when he was alone in the kitchen and look at himself in a polished frying pan (there were no mirrors in the village) and say; 'Good morning, Master! That hat suits you properly, makes you look quite tall. I hope things go well with you'.

They went well enough; for Albert was indeed a respectable Cook, and he had the Apprentice. But in due course the time for the Great Party began to draw near, and Albert had to think about making the Cake. It worried him a bit, for although with four years' practice he could turn out

[illegible]

도제에게 작별 인사를 했다. 주위에는 아무도 없었다. "이제 잘 있게, 앨프." 그가 말했다. "자네에게 일을 맡기니 최대한 잘해 주게나. 모든 일이 잘되기를 바라네. 우리가 다시 만나게 되면 전부 다 들려주게. 사람들에게는 내가 다시 휴가를 떠났다고 말해 주게. 긴 휴가이기를 바라네. 휴가가 끝나도 돌아오지 않을 거라고 전해 주게."

사람들이 취사장에 왔을 때 도제가 이 소식을 전하자 마을에서는 꽤 큰 동요가 일었다. "어떻게 이럴 수 있어[예고도, 작별 인사도 없이]!" 사람들이 말했다. "최고 요리사 없이 우리더러 어떻게 하란 말이야? 자기를 대신할 사람을 남겨 놓지도 않았잖아." 이렇게 왈가왈부하는 가운데 어느 누구도 어린 도제를 요리사로 임명하려는 생각조차 하지 않았다. 그는 키가 약간 자라기는 했지만 여전히 소년처럼 보였고, 일을 시작한 지 3년밖에 되지 않았던 것이다. 결국에는 더 나은 사람이 없었기 때문에 그들은 마을의 어떤 사람을 임명했다. 그는 조촐한 요리를 충분히 잘 할 수 있었지만 제빵 기술은 대단하지 않았다. [그는 어렸을 때 최고 요리사를 이따금 도왔지만 최고 요리사는 그를 마음에 들어 하지 않았고 결국 도제로 삼지 않았다.] 그는 아내와 아이들이 딸린 견실한 사람이었고 돈을 소중히 여겼다. "어떻든 그 사람이라면 아무 예고도 없이 사라져 버리지는 않을 거야." 사람들이 말했다. "형편없는 요리라도 아예 없는 것보다는 낫지." 누군가 덧붙였다. "다음 '큰 케이크'를 만들 때까지는 7년이 남았으니, 그때쯤이면 그의 실력이 충분해지겠지." 노크스—바로 그의 이름이었다—는 사태가 이렇게 돌아가자 무척 기분이 좋았다. 얼마간 혼자 부엌에 있을 때면 기다란 흰 모자를 쓰고 반짝이는 프라이팬에 비친 자기 모습을 바라보며 혼잣말하곤 했다. "좋은 아침이에요, 최고 요리사님. 그 모자가 당신에게 잘 어울리네요. 당신이 아주 커 보여요. 당신의 일이 잘 풀려 가기를 바랍니다." 일은 꽤 잘 풀려 나갔다. 처음에 노크스는 최선을 다했고, 도제가 그를 도와주었다. 노크스는 절대로 인정하지 않았지만 실은 도제에게서 많이 배웠다. 그런데 시간이 흘러 큰 파티가 열릴 때가 가까워졌고 노크스는 '큰 케이크'를 어떻게 만들지 생각해야 했다. 속으로는 그 케이크 때문에 큰 걱정이었다. 7년간 훈련을 해 온 결과 그는

Very pretty and fairylike he siad, though he hadno idea what that meant, for/his plan [redacted] was to stick a little doll on top, dressed in cotton-wool, with a little wand in her hand ending a tinsel star. But before he set to work, having only dim memories of what should go inside a 'party cake', he looked in some old books of recipes. The/ puzzled him, for they mentioned many things that he had not heard of, or had forgotten, and did not know where to find. Some/of these he thought very unsuitable, since they were not sweet at all, nor very soft; but he thought he might try some of the spices that the books spoke of. He scratched his head and remembered and old blacck, box with different compartments in which/the cook whose place he had taken hadonce ~~a cook before his time had kkept~~ spices, and other things for special cakes. It was on a high shelf and he had not looked inside for a long time.

When he got it down, he found that very lttle of the spices was ~~were~~ left, and ~~what there was~~ was rather dry and musty; but in one compartment he found a ring, black-lookingas if it was made of silver and was tarnished. 'That's funny!' he said, as he held it up to the light. 'NO, it isn't!' said a voice that made him jump ; for it was the voice of his apprentice who had come in behind him, and [redacted] he had never yet dared to speak first before he was spoken to. He was only a small boy; bright and quick, 'but he has a lot to learn yet' (so the cook thought).

SO 'What do you mean, my lad'.said the cook, not much pleased. 'If it isn't funny, what is it?'. 'It's a magic ring', said the apprentice. Then the cook laughed. 'All right, all right', he said. 'Call it what you like. You'll grow up someday. Now you can get on with stoning the raisins and if you notice any magic ones tell me'.

'What are you going to do with the ring?' said the apprentice. 'Put it in the cake, of course,' said the cook. Surely you have been to parties

'큰 케이크'

[이어지는 두 페이지가 실전되었고, 6페이지 맨 위에서 요리사의 말로 문장 중간에서 이야기가 다시 시작한다.]

"아주 예쁘고, 요정처럼 말이야." 그는 이렇게 말했지만 그것이 무슨 뜻인지는 전혀 알지 못했다. 그의 계획은 케이크 위에 작은 인형을 꽂는 것이었다. 탈지면으로 감싼 인형의 손에 들린 작은 막대기 끝[에] 반짝이별을 달 생각이었다. 그런데 '파티 케이크' 안에 무엇이 들어가는지 기억이 가물가물했기에 그 일에 착수하기 전에 이전 요리사들이 남긴 낡은 요리책을 몇 권 들여다보았다. 그 책들에 그가 들어 보지도 못했거나 잊어버렸고 어디서 구할 수 있을지 알지 못하는 것들이 많이 언급되어 있어서 그는 어리둥절했다. 어떤 것들은 전혀 달콤하지 않고 아주 부드럽지도 않아서 매우 부적합하다고 생각했다. 그러나 그는 책에서 언급된 향료 한두 가지는 써 봐야겠다고 생각했다. 그는 머리를 긁적이다가 낡은 검은색 상자를 떠올렸다. 그 상자의 여러 칸에 바로 전임 요리사가 특별한 케이크에 쓸 향료들과 다른 재료를 보관해 두었던 것이다. 그것이 높은 선반 위에 있어서 그는 오랫동안 한 번도 들여다보지 않았었다.

그 상자를 내려서 열어 보니 향료들이 거의 남아 있지 않았고 게다가 마르고 곰팡이가 피어 있었다. 그런데 한 칸에는 반지가 들어 있었다. 은으로 만들어졌지만 변색된 듯이 까맣게 보였다. "이거 우스운데!" 그가 반지를 들어 빛에 비춰 보며 말했다. "아니, 그렇지 않습니다!" 어떤 목소리가 들려서 요리사는 펄쩍 뛰었다. 도제가 들어와 그의 뒤에 서서 말한 것이었는데, 도제는 누군가 말을 걸지 않으면 지금까지 먼저 말을 한 적이 없었다. 그는 그저 작은 소년이었고, 영리하고 민첩하지만 '아직 배워야 할 것이 많았다'(요리사는 그렇게 생각했다).

"무슨 뜻인가, 젊은 친구?" 그는 그리 유쾌하지 않은 기분으로 말했다. "이게 우습지 않다면, 대체 뭐란 말인가?" "그건 마술 반지입니다." 도제가 대답했다. 그러자 요리사는 껄껄 웃었다. "좋아, 좋아." 그가 말했다. "자네 좋을 대로 부르게. 자네도 언젠가는 어른이 될 테니까. 자, 건포도 씨를 계속 발라 내게. 혹시 마술 물건을 또 보게 되면, 내게 말해 주고."

"그 반지를 어떻게 하실 겁니까?" 도제가 물었다. "물론 케이크에 넣을 거야." 요리사가 말했다. "자네는 아이들 파티에 가 보았겠지.

yourself, and not so long ago, where little trinkets like this were stirred intomm the mixture, and little silver coins and what not: it amuses the children'. 'But, Cook? this is not a trinket, it's a magic ring' said the apprentice 'so you've said before said the Cook crossly. Very well, I'll tell the childre It'll make them laugh.'

~~It'll make them laugh. There's a magic~~

In time the cake was made and iced and decorated, ~~and~~ stood in the middle of the tea-table, ~~lit with~~ red candles ~~all round it~~, and the children looked at it, and some said 'Isn't it pretty and fairylike!': which pleased the Cook, but not the apprentice. (They were both there, the cook to cut the cake ~~with a specially sharp knife~~ when the time came, and the apprentice to hand him the knife which he had sharpened)

AT last the Cook took the knife and stepped up to the table. 'I should tel you my dears' he said, 'that inside this lovely icing there is cake made of many nice things to eat, but also stirred well in there is a number of pretty little things, trinkets and little coins and what not; and I am told that it is lucky to find one of them in your slice. And there is also tonight a ring, a magic ring (or so my boyhere says). So be careful. If you break oneof your pretty front teeth on it, the magic ring won't mend it. It won't, willit, my lad?' he said turning to the apprentice; but they boy did not answer.

It was quite a good cake; and when it was all cutup there was a slice for everyone of the children and nothing left over. The slices soon disappear and every now and again a trinket or a coin was discovered; some found one, and some found two, and several found none, for that is the way luck goes. But when it was all eaten, there was no sign of any magic ring.

'Bless me!' said the Cook. 'It must have been magical . Unless it was not made of silver after all, and has melted; and that's more likely'. He looked at the apprentice with a smile; and the apprentice looked at him and did not smile.

But the ring was magical (the apprentice was the kind of person who

그리 오래전도 아닐걸. 아이들 파티에서는 이런 자질구레한 장신구들을 반죽에 넣지. 작은 은화나 그런 것들 말이야. 아이들이 재미있어하거든." "하지만 요리사님, 이것은 자질구레한 장신구가 아닙니다. 마술 반지라고요." 도제가 말했다. "이미 자네에게 들었네." 요리사가 퉁명스럽게 말했다. "좋아, 아이들에게 그렇게 말해 주지. 아이들이 웃음을 터뜨릴 거야."

때가 되자 케이크를 만들어 당의를 입혔고 요리사의 생각에 [따라서] 장식했다. 파티가 열리자 그 케이크는 탁자의 중앙에 놓였고 스물네 개의 작고 붉은 촛불이 둥글게 그것을 둘러쌌다. 아이들은 눈을 크게 뜨고 그것을 보았고 누군가 "예쁜 요정처럼 보이지 않아?"라고 말했다. 그 말에 요리사는 기분이 좋았지만, 도제는 그렇지 않았다. (순서가 되면 요리사가 케이크를 자르도록 도제가 잘 갈아 놓은 칼을 요리사에게 넘겨주려고 그들 둘 다 그곳에 있었다.)

마침내 요리사는 칼을 들고 탁자로 다가섰다. "친애하는 여러분, 이 아름다운 설탕 옷 아래에는 여러 가지 맛있는 것들로 만들어진 케이크가 있어요. 그런데 작고 예쁜 물건들도 그 안에 많이 섞여 있어요. 장신구들과 작은 동전들, 그런 것들 말이지요. 여러분의 케이크 조각에서 그것을 찾으면 운이 좋은 거라고 하더군요. 그런데 오늘 밤에는 반지도 들어 있어요. 마술 반지예요. (여기 있는 내 어린 도제가 그렇게 말했거든요) 그러니 조심하도록 해요. 여러분의 예쁜 앞니가 그 반지 때문에 부러지더라도 그 마술 반지가 이빨을 고쳐 주지는 않을 테니까. 그렇지 않나, 여보게?" 그는 도제를 보며 말했지만 소년은 대답하지 않았다.

그 케이크는 아주 맛있었다. 케이크를 전부 잘랐을 때 아이들 모두에게 한 조각씩 돌아갔고 남은 것은 없었다. 그 조각들은 곧 사라졌고 여기저기에서 장신구나 동전이 발견되었다. 어떤 아이는 한 개를, 어떤 아이는 두 개를 찾았다. 몇몇 아이들은 전혀 찾지 못했다. 행운이 돌아가는 방식은 그러하기 때문이다. 그런데 케이크를 전부 먹었을 때 마술 반지는 흔적도 찾아볼 수 없었다.

"저런!" 요리사가 말했다. "그건 마술 반지였나 봅니다. 그렇지 않으면 은으로 만든 것이 아니라서 녹아 버렸든지. 그럴 가능성이 많지요." 그는 웃으며 도제를 바라보았고, 도제는 그를 보면서 미소 짓지 않았다.

그러나 그 반지는 정말로 마술 반지였다. (그 도제는

who did not make mistakes of that sort); and what had happened was thhat one of the children had swallowed it without ever notiwing it. And he or ~~she (I do not remember which it was, and of course it does not matter)~~ did not notice it for a long time after, not till the cake and the party had been forgotten by ~~all~~ the others who were there; but the ring remainde with him, tucked in some place where it could not be felt (for it was made to do so), until the day came. The party had been in winter, but it was now early summer, and the night was hardly dark at all. The boy got up before dawn, for he did not wish to sleep. He looked out of thhe window, and the world seemed quiet and expectant. Then the dawn came, and far away he heard the dawn-song of the birds beginning, and coming towards him, until it rushed over him, filling all the land round his house, and passed on like a wave of music into the West; and the sun rose over the trees.

'It reminds of Fairy' he heard himself say; 'but in Fairy the people sing too'. And he began to sing in strange words; and in that moment the ring fell out of his mouth, and he caught it. It was bright silver now glittering in the sun, and he put it on the forefinger of his right hand, and it fitted, and he wore it for many years. Few people noticed it, though it was not invisible; but very few could help noticing his eyes and his voice. His eyes had a light in them; and his voiwe which had begun to grwo beautiful as soon as the ring came to him.

그런 물건을 착각할 사람이 아니었다.) 실은 그 축제에서 어느 소년이 알지 못하는 사이에 그 별을 삼켜 버린 것이다. 그런데 그 소년은 오랫동안 그것을 알아차리지 못했고, 파티에 참석한 다른 아이들이 그 케이크와 파티를 거의 잊어버릴 때까지도 알지 못했다. 하지만 그 별은 그 소년에게 머물러 있었고, 때가 될 때까지 감지할 수 없는 곳에 숨어 있었다(그렇게 하도록 만들어졌기에).

그 축제는 겨울에 열렸는데 이제 초여름이 되었고 밤은 그리 어둡지 않았다. 소년은 동트기 전에 일어났다. 자고 싶지 않았기 때문이었다. 창밖을 내다보니 세상은 조용히 기대감에 차 있는 듯이 보였다. 그러고 나서 새벽이 되었고 멀리서 새벽 노래를 시작하는 새들의 소리가 들려왔다. 그 노랫소리는 그를 향해 다가오더니 마침내 그의 머리 위를 휩쓸고 지나 집 주위의 들판을 가득 채우고 음악의 파도처럼 서쪽으로 지나갔다. 해가 나무들 위로 솟아올랐다.

"요정나라를 연상시키는군." 이렇게 말하는 자신의 목소리가 들렸다. "하지만 요정나라에서는 요정들도 노래를 부르지." 그러고는 낯선 말로 노래를 부르기 시작했다. 바로 그 순간 반지가 그의 입에서 떨어져 나왔고 그는 그것을 잡았다. 이제 밝은 은색 반지가 햇빛을 받아 반짝였다. 그가 반지를 오른손 집게손가락에 끼었더니 꼭 맞았다. 그는 오랜 세월을 반지를 끼고 지냈다. 반지가 보이지 않는 것은 아니었지만, 그것을 알아본 사람은 거의 없었다. 그러나 그의 눈과 목소리를 알아차리지 못한 사람은 더욱 적었다. 그의 눈에서 빛이 났고, 그 반지가 그에게 온 이후로 그의 목소리는 아름다워졌다.

[여기서 타자 원고는 페이지 중간에서 중단된다. 이후의 이야기는 작은 유선 공책이나 편지지에 신중한 필체로 이어지고, 오른쪽 상단 구석에 'a'부터 'h'까지 자필로 표시되었다.]

became ever more beautiful as he grew up. He became well-known in the neighbourhood for his good workmanship. His father was a smith, and he followed his trade; and bettered it. He made many useful things — tools, and pans, and bars and bolts, and hinges and horseshoes, and the like — and they were good and strong, and also they had a grace about them, being shapely in their kind; and some things he made for delight that were beautiful, for he could work iron into wonderful forms and designs, that seemed as light and delicate as a spray of leaves and blossom, but kept the stern strength of iron. Few could pass one of his gates or lattices without stopping to admire it; none could pass through it once it was shut. Often he sang as he worked. And that was all that most people knew about him — it was enough indeed and more than most men achieve. But ~~[illegible]~~ he also became ~~[illegible]~~ acquainted with

그는 자라면서 더욱 아름다워졌다. 그는 탁월한 일솜씨 덕분에 이웃에서 유명해졌다. 대장장이였던 아버지의 일을 물려받아 더욱 향상시켰다. 그는 유용한 물건들, 가령 연장, 팬, 쇠지레와 걸쇠, 경첩과 편자 같은 것을 많이 만들었고, 그 물건들은 훌륭하고 튼튼했으며 그 나름대로 볼품이 있어서 우아하게 보였다. 그는 재미 삼아 아름다운 물건들을 만들기도 했다. 쇠를 주조하여 나뭇잎과 꽃이 달린 작은 가지처럼 가볍고 섬세하게 보이지만 쇠의 강한 힘을 갖고 있고 때론 더 견고해 보이는 놀라운 형체와 모양을 만들어 낼 수 있었다. 그가 만든 문이나 격자창을 지나는 사람이라면 거의 누구나 멈추어 서서 감탄했다. 그 문이 일단 닫히면 누구도 빠져나갈 수 없었다. 그는 일을 하면서 종종 노래를 불렀다. 대부분의 사람들이 그에 대해서 알고 있는 바는 그것이 전부였다. 사실 그것만으로도 충분했고, 대개의 사람들이 도달할 수 없는 수준이었다. 하지만 그는

Fairy, and knew some parts of it well – as well as any mortal can, though, except for his wife and one of his children, few ever guessed ~~[illegible]~~ it. But he was welcome in Fairy, and seldom in danger there; for the evil things avoided the star.

[illegible]

One day, however, he was walking through a wood in Fairy, and it was autumn there, and there were red leaves on the boughs, and lying upon the ground. Footsteps came behind, but he was thinking about the leaves, and did not turn round. A man caught up with him, and said suddenly ~~[illegible]~~ at his side: "Are you going my way, Gilthin?" For that was his name (Starbrow) in Fairy; at home he was called Alfred Smithson. "What is your way?" he answered. "I am going home now", said the man, and Alfred looked at him and saw that it was the Apprentice: a tall man now, but he stooped a little, and had lines on his furrowed face, though he was only a few years older than Alfred. "So am I," he said; "we will walk together."

They went on side by side ~~[illegible]~~ for many miles in silence, except for the rustle of red leaves

요정나라를 알게 되었고 그곳의 어떤 지역을 어느 인간보다도 잘 알았다. 하지만 아내와 아이들 중 한 명을 제외하면, 그런 사실을 짐작해 본 사람도 거의 없었다. 그는 요정나라에서 환영을 받았고 그곳에서 위험에 빠진 적이 거의 없었다. 사악한 것들이 그 별을 피했기 때문이었다.

그러던 어느 날 그는 요정나라의 숲속을 걷고 있었다. 그곳은 가을이 되어 나뭇잎들이 붉어졌지만 가지에 달린 것이 아니라 바닥에 깔려 있었다. 발소리가 가까워졌지만 그는 나뭇잎에 대해 생각하느라 뒤돌아보지 않았다. 한 남자가 그를 따라와서 갑자기 옆에서 말했다. "나와 같은 길을 가는가, 길시르Gilthir?" 바로 그것이 요정나라에서 부르는 그의 이름(별이마)이었다. 집에서는 대장장이의 아들 앨프레드라고 불렸다. "어디로 가십니까?" 그가 대답했다. "집으로 간다네." 그가 말했다. 앨프레드는 그 남자를 보았고 도제라는 것을 알았다. 이제 그는 키가 컸지만 약간 구부정했고 이마와 얼굴에 주름살이 있었다. 앨프레드보다 몇 살밖에 더 먹지 않았지만 말이다. "저도 그렇습니다." 그가 말했다. "자, 함께 걸어가지요."

그들은 아무 말 없이 나란히 몇 킬로미터를 걸어갔다. 발밑에서 붉은 이파리들이

at their feet. But at length, before they left Fairy, the Apprentice stopped, and turning to Alfred, touched his star. 'Don't you think you gave this thing up?" he said.

'Why should I?' Isn't it mine? It came in my slice of cake'.

'Why? Because one should not cling too long to such gifts. They can't belong to one for ever. And because it is time now for it to leave you. ~~Some one else is waiting for it now~~. Some one need it."

'Then what should I do? Give it to ~~someone~~ one of the ~~Ones in Fairy~~? Great Ones in Fairy? To the King, perhaps?

'You could give it me' said the Apprentice. 'But you might find that too difficult. Will you come with me to my workplace and put it back in the box where your grandfather kept it?

'I did not know that', said Alfred.

'Well, he was your mother's father, and he was the Cook before the Cook who made the cake for your party: ~~He was~~ the best they could find to follow your grandfather, since he had no son; and his daughter was a needlewoman. But I am Cook now. Someday soon I shall make another great party cake; and I think the star should go into it.'

사각거리는 소리만 들려왔다. 하지만 요정나라를 벗어나기 전에 도제가 걸음을 멈추었고 앨프레드를 바라보며 그의 별에 손을 댔다. "자네는 이 물건을 포기할 때가 되었다고 생각하지 않는가?" 그가 말했다.

"제가 왜 그래야 합니까? 제 것이 아닌가요? 이것이 제 케이크 조각에 들어 있었습니다."

"왜 그러냐고? 그런 선물에 너무 오래 매달려서는 안 되기 때문이네. 그런 물건은 한 사람이 영원히 소유할 수 없지. 그리고 이제 누군가 새로운 사람이 가질 차례가 되었기 때문이네. 누군가 그것이 필요하거든."

"그러면 제가 어떻게 해야 합니까? 이것을 요정나라의 위대한 분께 드려야 합니까? 어쩌면 왕께 드려야 할까요?"

"내게 주면 되네." 도제가 말했다. "하지만 그 일이 자네에게 너무 힘겨울 수 있겠지. 함께 취사장에 가서 자네의 할아버지가 그것을 넣어 두었던 상자에 다시 넣는 것이 어떻겠나?"

"그런 일이 있었는지 몰랐는데요." 앨프레드가 말했다.

"그분은 자네 어머니의 아버님이지. 자네의 때가 되기 전에 그분은 떠나셨네. 그분은 자네의 파티에 케이크를 만든 요리사 이전의 요리사셨네. 자네의 할아버지를 계승할 사람으로 마을 사람들은 그보다 나은 사람을 찾을 수 없었지. 그분은 아들이 없고 딸은 바느질을 했으니까. 그러나 지금은 내가 요리사라네. 오래지 않아 또 큰 파티 케이크를 만들 걸세. 그 안에 별을 넣어야겠네."

and the Apprentice took the box from its shelf in the storeroom. He showed it to Alfred. Perhaps it was [illegible] but [illegible] I can't see very clearly' he said. 'You must put it in for me.' So he gave it to the Apprentice and the star dropped [illegible] went dark.

"Very good," said Alfred. "Do you know who will find it? I should like to know. That would make it easier to part with it."

"Maybe I guess," said the Apprentice; "but the Cook does not do the choosing. [The star, or those who made it, do that, I think.]"

So they went back together to their village and Alfred put the Star into the box. It was clean now, and well filled except for one little compartment that was empty, and into that the Star dropped and went dark.

Alfred had felt a smart as he took it from his forehead; and he felt grieved as he let it fall from his hand into the box, for he thought he was giving up his power ever to enter Fairy again. But he found that it was not so. All the people and creatures in Fairy could still see the mark of the Star on his brow, and its light remained in his eyes. But never after that he never saw any new things in Fairy, nor came into regions that he had not visited before.

[페이지의 윗부분에 거친 글씨체로 아래와 같이 추가됨.
도제는 저장실의 선반에서 검은 상자를 내렸다. 그는 그것을 앨프레드에게 보여 주었다. 아마도 신선하고 톡 쏘는 향신료 때문이었을 것이다. 그의 눈에 눈물이 고였다. "앞이 잘 보이지 않는군요." 그가 말했다. "저 대신 넣어 주세요." 그래서 그는 그것을 도제에게 주었고 그 별은 제자리에 놓이자 검은색으로 변했다.]

"좋습니다." 앨프레드가 말했다. "누가 그 별을 갖게 될지 알고 계십니까? 알고 싶습니다. 그러면 그것과 헤어지기 더 쉬울 겁니다."

"짐작은 할 수 있지." 도제가 말했다. "하지만 요리사가 선택을 하는 것이 아니라네. [내 생각으로는, 이 별이 아니면 별을 만든 자가 선택할 걸세.]

이렇게 되어 그들은 함께 마을로 돌아갔고, 앨프레드는 별을 상자에 넣었다. 그 상자는 이제 깨끗했고 한 칸만 제외하고 가득 차 있었다. 비어 있던 칸에 별을 넣자 검게 변했다.

앨프레드는 별을 이마에서 떼어 내며 쓰라린 아픔을 느꼈고 이제 그것을 [상자 안에] 떨어뜨리며 [떨어지는 소리를 들으면서] 비통한 심정이었다. 요정나라에 다시 들어갈 능력을 포기하고 있다고 생각했기 때문이었다. 그러나 그렇지 않다는 것을 알았다. 요정나라의 모든 주민과 생명체 들은 그의 이마에 있는 별의 흔적을 아직도 볼 수 있었고 그 빛이 그의 눈에 남아 있었다. 그러나 그 후로 그는 요정나라에서 새로운 것을 전혀 보지 못했고 이전에 가 보지 않은 곳에 들어가지도 않았다.

Now it is (perhaps) a strange thing, but the old Cook, who had laughed at the Apprentice, had never been able to put out of his mind that cake or the star, although he had gone on being Cook for many years. He was an ~~old~~ very old man now, and cooking ~~too long~~ [illegible]. He was very fat, for he went on eating, and he was fond of sugar. Most of his days he spent sitting in a big chair by his window, or at his door if it was fine. He liked talking, since he had many opinions to share, or to air; and he was always glad if anyone would stop and speak (or listen) to him.

The Apprentice often did — so the old Cook still called him, and expected himself to be called Master ~~though~~ That the Apprentice ~~never~~ seldom failed to do, such was a great point in his favour, ~~though there were~~ ~~[illegible] the old Cook would found him thought-~~ ~~[illegible]~~ though there were others the old Cook liked better. One day he was nodding in his chair, when he found the Apprentice standing by looking down at him. 'Good ~~evening~~ afternoon!' said the old man. 'I am glad to see you, for I have a thing in my mind, waking or sleeping, that you may remember. I still wonder about that little star. I do: the one that years ago I put in the best cake I ever made (and that's saying something). But

'큰 케이크'

참으로 (어쩌면) 이상한 일이지만, 도제를 비웃었던 늙은 요리사는 그 케이크나 별을 도무지 마음에서 지워 버릴 수 없었다. 요리사로 오래 지내 왔지만 말이다. 그는 이제 너무 늙어서 [몇 년간] 요리를 하지 않았다. 그는 무척 뚱뚱했다. 여전히 실컷 먹었고 설탕을 좋아했기 때문이었다. 대부분 창가에 있는 큰 의자에 앉아 있거나 맑은 날이면 문 옆에 앉아 하루하루를 보냈다. 그는 말하기를 좋아했다. 아직도 남들에게 알려 주거나 늘어놓을 소신이 많이 있었다. 누군가 잠시 들러서 말을 걸어 주면 (또는 그의 말을 들어 주면) 언제나 기뻐했다.

도제는 종종 [이따금] 들렀다—그 늙은 요리사는 아직도 그를 도제라고 불렀고 자기를 최고 요리사라고 불러 주기를 기대했다. 도제는 조금도 [거의] 어긋남이 없이 그렇게 불러 주었고, 그것은 그를 좋게 봐 줄 점이었다. 늙은 요리사가 더 좋아하는 다른 이들이 많았지만 말이다.

어느 날 오후에 그는 저녁을 먹은 후 문 옆 의자에서 졸고 있었다. 그러다 깜짝 놀라 옆에 서서 자기를 내려다보고 있는 도제를 보았다. "좋은 오후로군." 노인이 말했다. "자네를 보아서 반갑네. 자나 깨나 내 마음에 걸리는 게 있거든. 자네가 기억할지 모르겠는데, 난 아직도 그 작은 별이 궁금하다네. 여러 해 전에 내가 만든 최고의 케이크에 (그건 대단한 사건이었지) 내가 넣은 별 말이야.

maybe you have forgotten it."

"No matter, I remember it very well. But what is troubling you? It was a good cake, and it was praised and enjoyed."

"~~Oh the cake was~~ Of course. I made it. But that does not trouble me. It's the star. I cannot make up my mind what became of it ~~nothing but makes sense anyway~~. I said it must have melted but that was only to stop the children being frightened. Of course it wouldn't melt. Then I ~~too~~ have thought that some one must have swallowed it. But is it likely? ~~A~~ You might swallow a little coin and not notice it, but not that star. It was very small, but it had sharp points."

~~And the same [illegible] no one swallowed it [illegible]~~

"But you don't ~~know~~ what it was made of, Master!"

~~[illegible]~~ "Don't trouble yourself. Some one swallowed it, I assure you. Can't you guess who?"

"Well I have a long memory, and that day sticks ~~[illegible]~~ in it [illegible], and I can recall all the children's names. Let me think! Was it Molly Miller? She was greedy and bolted her food; she is fat as a ~~barrel~~ sack now."

"Yes there are some folk who get like that," said the Apprentice, looking at the Cook's [illegible]. "But it wasn't Molly. She found a threepenny bit in her slice."

아마 자넨 잊었겠지?"

"아니요, 최고 요리사님. 잘 기억하고 있습니다. 하지만 무엇 때문에 걱정하십니까? 훌륭한 케이크였어요. 모두들 맛있게 먹고 칭찬했지요."

"물론. 내가 만들었으니까. 하지만 그게 걱정스러운 게 아니야. 그 별이 문제지. 그 별이 어떻게 되었는지 알지 못해서 말이야. 그것이 녹았을 거라고 말했지만 아이들이 겁에 질릴까 봐 그렇게 말했을 뿐이지. 물론 그건 녹지 않을 거야. 그래서 어떤 아이가 그걸 삼켰을 거라고 생각했어. 하지만 그럴 가능성이 있을까? 작은 동전이라면 삼키고도 모를 수도 있지. 하지만 그 별은 그렇지 않아. 작지만 뾰족하니까 말이야."

"그런데 그 별이 무엇으로 만들어졌는지 모르시는군요, 요리사님! 그런 문제로 스스로를 [마음을] 괴롭히지 마세요. 장담컨대, 누군가 그것을 삼켰습니다. 누군지 짐작하실 수 없으세요?"

"이보게, 나는 기억력이 좋다네. 그리고 그날은 기억에 달라붙어서 떨어지질 않아. 나는 아이들 이름을 모두 기억해 낼 수 있어. 가만있자, 방앗간네 몰리였나? 그 여자애는 욕심이 많아서 자기 음식을 꿀꺽꿀꺽 삼켰거든. 지금은 큰 통[자루]처럼 뚱뚱하지."

"네, 그렇게 되는 사람도 있지요, 요리사님." 도제가 요리사의 조끼를 바라보며 말했다. "하지만 몰리가 아니었어요. 그 애는 자기 케이크에서 3펜스짜리 동전을 찾았지요."

"So she did! Harry Cooper then? He had a big mouth like a frog's and stuffed his cheeks."

"Oh no! He would not swallow a raisin-pip. I left one or two in, and wished them to him. He took them out of his mouth with his finger."

"Then that little girl, Lily Long [illegible] ~~[illegible]~~. She used to swallow pins as a baby, and came to no harm."

"Oh no! She only ate the marzipan and sugar, and gave the inside to Molly Miller who sat by her."

"Then I give up. Who was it? [You seem to have been watching very carefully, & making it all up.]"

"Alfred Smithson, of course, Master," said the Apprentice.

"Go on!" laughed the old Cook. "I ought to have known you were having a game with me, and making it all up. Don't be ridiculous! Alfred Smithson is a plain hardworking man now, as he was a quiet sensible boy then. Cautious, you might say: thought before he spoke, looked all round before he jumped. He wouldn't ~~[illegible]~~ let anything

go down that might do him harm. Chewed before he swallowed, and still does, if you take my meaning."

"I do Master. ~~But he swallowed the star all the same.~~ Very well then! You can think what you like. But the star is back in the box now. Come and see!"

"You know I can't. I couldn't even roll so far. But seeing is believing."

"Then I'll bring the box," said the Apprentice;

"그랬지! 그러면 술장수네 해리였을 거야. 개구리처럼 큰 입에 볼이 터지도록 쑤셔 넣었지."

"아니요. 그 애는 건포도 씨도 삼키지 않았어요. 제가 한두 개 넣었는데 그 애에게 가기를 바랐지요. 그 애는 손가락으로 입에서 꺼냈어요."

"그러면 그 조그마하고 창백한 여자아이, 포목상네 릴리였음에 틀림없어. 그 애는 아기였을 때 핀을 삼키곤 했는데 아무 탈도 나지 않았지."

"아니에요! 그 애는 위의 장식과 설탕만 먹고 나머지 케이크는 옆에 앉은 방앗간네 몰리에게 주었지요."

"그렇다면 포기하겠네. 그게 누구였나? [자네는 아주 세심하게 지켜보고 있었던 것 같군. 아니면 모두 꾸며 냈든지.]"

"대장장이의 아들 앨프레드였습니다, 최고 요리사님." 도제가 말했다

"계속해 보게." 늙은 요리사가 웃음을 터뜨렸다. "자네가 내게 장난치려고 모든 걸 꾸며 냈다는 걸 알았어야 했는데. 어처구니없는 소리 하지 말게. 대장장이의 아들 앨프레드는 이제 평범하고 열심히 일하는 사람이 되었지. 그때는 조용하고 분별 있는 소년이었어. 신중하다는 말일세. 말하기 전에 생각하고, 뛰어들기 전에 주위를 돌아보고. 해가 될지 모르는 것을 삼킬 애가 아니야. 그 애는 삼키기 전에 씹었어. 지금도 그렇지. 내 말이 무슨 뜻인지 알겠다면 말이야."

"압니다, 최고 요리사님. 그렇다면 좋습니다. 마음대로 생각하셔야지요. 그런데 그 별이 다시 상자로 돌아왔어요. 와서 보세요."

"내가 갈 수 없다는 걸 자네도 알잖아. 거기까지 굴러갈 수도 없네. 하지만 백문이 불여일견이지."

"그러면 제가 상자를 가져오지요." 도제가 말했다.

and he went and fetched it. He opened it under the old Cook's nose. 'There ~~it~~ is the star, Master. Over in the corner.'

The old Cook was sneezing and coughing, for some of the spices had gone up his nose; and when at last he had wiped his running eyes he looked in the box. 'So it is!' he said, 'if my eyes are playing me tricks with their watering.'

'No tricks, Master. I put the star there ~~myself~~ while in your hand, being a week ago. It ~~could~~ might go back into a cake, I think.'

'Ah ha! ~~Well~~, well!' said the old Cook with a lemony look, and then he laughed till he shook like a jelly. 'So that was the way of it, as I never guessed. You were always a smart lad, though you had some ~~queer notions~~, or made 'em up to tease me. But economical, that you always were. Wouldn't waste a currant, or a bees-knee of butter. So you nipped that little star out of the mixture while you were a-stirring it, [and out of harm way you've kept it]. Well that's cleared up. Maybe I'll have a good nap now. But thank you kindly for coming.'

'Have your nap, Master!' said the Apprentice and wished him Good Day. But he turned back round before he went away. 'All the same,' he said, 'when any truth changes you wake up, you might think again if you haven't grown too fat and sleepy.'

'큰 케이크'

그러고는 그가 가서 상자를 가져왔다. 그러고는 늙은 요리사의 코앞에 펼쳐 놓았다. "여기 구석에 그 별이 있습니다, 최고 요리사님."

늙은 요리사는 기침과 재채기를 시작했다. 몇 가지 향신료의 냄새가 그의 콧속에 들어간 것이었다. 그는 흐르는 눈물을 닦고 나서 상자 속을 들여다보았다. "그렇군!" 그가 말했다. "내 눈이 이렇게 눈물로 속임수를 쓰고 있는지 몰라도."

"속임수가 아닙니다, 요리사님. 제가 직접 거기 넣었거든요. 일주일도 되지 않았어요. 그것이 '큰 케이크'에 다시 들어갈 겁니다."

"아하!" 늙은 요리사가 다 알겠다는 표정으로 말했다. 그러고는 온몸이 흔들리도록 웃어 댔다. "그래, 그렇게 했군. 난 짐작도 못 했네. 자넨 늘 교활한 친구였지. 좀 기이한 생각을 하고, 아니면 날 골리려고 꾸며 댔지. 그리고 늘 알뜰했지. 건포도 한 알도, 손톱만큼의 버터도 낭비하지 않았으니까. 그래 자네는 반죽을 만들면서 그 작은 별을 살짝 빼낸 거야[그리고 안전하게 간직하고 있었지]. 자, 그 문제가 해결되었으니 이제 조용히 낮잠을 잘 수 있겠군. 하지만 친절하게 와 주어 고맙네."

"낮잠을 주무세요, 요리사님." 도제는 이렇게 말하고 인사했다. 그러나 그는 가기 전에 몸을 돌렸다. "그렇더라도" 그는 요리사님이란 단어를 붙이지 않고 말했다. "당신이 깨어나면 다시 생각할 거야. 당신이 너무 뚱뚱해지고 잠이 많아지지 않았다면 말이지."

But when he tried to walk nearer the wood.

He never saw that Tree again, though he ~~often~~ sought for it, and not long after he came to the Lake of Tears in the middle was the Isle of Cold Wind

came and then again and then it released him he found he was near the borders of Faery only a mile ~~towards~~ his own country.

Afterwards for a while he tried to find the Tree ~~again~~, but he never saw it again. On one of his journeys he came to the L. of Tears, where in the midst lies the Isle of C. W., though he did not know then the name. ~~The~~ The lake lay ~~calm as~~ ~~still~~ calm and unruffled as a mirror, and the island seemed near: the ~~dark~~ birches that grew upon it were shining white, and were reflected in the lake that lay calm and unruffled as a mirror. He tasted [the water] and it was cool and sweet, so he waded and swam out to the island; ~~and~~ for a long time it seemed to draw no nearer, and then at last he reached the shore he was weary. He found it was a great island, and its hills and forests he saw but all the trees were tall and grey as in ~~full leaf~~ their leaves trembled in the sunlight. Yet there was no movement of air. Suddenly he heard far away

# 눈물의 호수
# 원고와 전사본

그러나 그 숲에 더 가까이 가려 했어도
그는 그 나무를 다시 보지 못했네, 비록 ~~종종~~
그것을 찾으려 애썼지만. 한가운데 거센 바람의 섬이 있는
눈물의 호수에 이르고 오래지 않아
그의 주위에 다시 나타났고 그것이 그를 놓아주었을 때
그는 요정나라의 경계 가까이에서
~~직접~~ 자기 고장 쪽으로[?] 걷고 있는 자신을 보았네.
　　이후에 얼마간 그 나무를 ~~다시~~ 찾으려 했지만
다시는 그것을 보지 못했지. 한번은 방랑하던[?] 중에
눈물의 호수에 이르렀네, 그 한가운데 거센 바람의 섬이 있었지
그는 이름을 알지 못했지만.
~~크~~ 그 호수는 ~~잔잔하고 고요하~~ 잔잔하고 매끄러웠고
거울처럼 잔물결도 일지 않았고, 섬은 가까워 보였네.
그 위에 자란 ~~흰~~ 자작나무들은
하얗게 빛나고, 거울처럼 잔잔하고 물결이 일지 않는
호수에 반사되었지. 그는 물을 맛보았네,
차고 달콤한 맛, 그래서 물속에서 걷다가
그 섬을 향해 헤엄치며 나아갔네. 오랫동안
섬은 조금도 가까워지지 않았지, 마침내
기슭에 닿았을 때 그는 지쳤네. 큰 섬이라는 것을 알았지.
~~그리고~~ 숲속을 걸으며 나무들이 모두
아름답고/어리고, ~~완전히 자란~~ 나뭇잎들이
햇빛 속에 흔들리는 것을 보았지. 하지만
공기는 전혀 움직이지 않았지.　　　갑자기 멀리서
들려왔네

and the sun went dark.

Once he came to a lake which he had heard called the Lake of Tears, though
he did not know why. He tasted the water and it was bitter, and his heart
was saddened as he walked in the forest ~~numb~~ on the slopes above the lake,
though all the trees there were young and fair and in full leaf, and the
sun shone. Then he heard the Wind coming far away, roaring like a wild
beast; and it broke into the forest, tearing up all that had no roots
and driving before it all that could not withstand it. He put his arms
about the stem of a white birch and clung to it, and the Wind wrestled
fiercely with him, dragging away his arms; but the birch was bent down
to the earth by the blast and ~~mmmbmmgmm~~ enclosed him in its boughs.

At last the sun gleamed out again, and he saw all the leaves of the
forest whirling like ~~m~~ flying clouds in the sky, as the Wind bore them far a
~~but mmmmmmmmmmmmmmmm~~ Every tree was naked. Then all the trees
wept, and tears flowed from their ~~branches and twigs~~ like a grey rain and so
gathered in rivulets that ran down into the lake     lovingly

'Blessed be the birch!' he said, laying his hand/upon its white bark.
'What can I do to show my thanks?' and he felt the answer of the trees
pass ~~through~~ his hand and arm, and it said: 'Nothing' ~~But if you see the Kin~~
~~tell him. When he returns he will still the Wind and we shall~~   But go away
from here! ~~mmhhmmk~~ The Wild Wind is hunting you. If you see the King tell
him. Only he can still the Wind once it is aroused

*Then he looked at [?] sight [?]*      *He saw [?] could see no stars.*

어느 날 그는 눈물의 호수~~라고 불리는 것을 들었던 호수~~에 이르렀다. ~~왜~~ 그 이름을 알지 못했지만. 물맛을 보았더니 몹시 써서 그는 슬픈 마음으로 호수 너머 비탈 위에 ~~있는~~ 숲속을 걸었다. 하지만 그곳의 나무들은 모두 어리고 아름답고 이파리가 모두 돋아났고, 햇살이 빛났다. 그때 야수처럼 으르렁거리며 멀리서 다가오는 바람 소리가 들렸다. 해가 어두워졌고 ~~그것~~ 바람이 숲으로 몰려와 뿌리 없는 것들을 모두 찢어 내고 버티지 못하는 것들을 모두 몰아갔다. 그는 하얀 자작나무 몸통을 양팔로 감싸고 매달렸다. 바람이 맹렬하게 그와 씨름하며 양팔을 떼어 냈지만 자작나무는 돌풍에 땅으로 휘어졌고 ~~그 가지들이~~ 그 가지들로 그를 에워쌌다.

마침내 해가 다시 어슴푸레 빛났고, 그는 숲속의 모든 나뭇잎들이 하늘에서 ~~날아가는~~ 구름처럼 소용돌이치고, 바람 앞에서 ~~멀리 실어가는 대로~~ 날아다니는 것을 보았다. 바람이 지나가~~면서~~ ~~모든 나무의 이파리가 떨어졌다~~ 모든 나무가 벌거벗었다. 그러자 나무들이 모두 울었고, ~~큰 가지와~~ 작은 가지에서 눈물이 흘러내려 회색 빗물이 개울에 모여 호수로 흘러드는 것 같았다.

“자작나무에게 축복이 있기를!” 그는 하얀 나무껍질에 다정하게 손을 얹고 말했다. “어떻게 해야 고마운 마음을 보여 줄 수 있을까?” 그는 나무의 대답이 ~~그의 손과~~ 팔을 ~~통해~~ 올라오는 것을 느꼈다. 나무가 말했다. “아무것도 없어. ~~하지만 왕을 만나면 말해 줘. 그분이 돌아올 때 바람을 잠재울 거라고 그리고 우리도 그럴 거라고.~~ 그냥 여기서 멀리 떠나가! ~~내 생각에~~ 거친 바람이 너를 사냥하고 있어. 왕을 만나게 되면 그분께 말씀드려. 일단 일어난 바람은 그분만 잠재울 수 있으니.

[자필] 그러고 나서 그는 한숨 소리를 들었다 [자필] 바람 소리를 [?] 들었고 별이 하나도 보이지 않았다

# 주석

「큰 우튼의 대장장이」

17 **앨프**Alf

고대 영어 ælf, 고대 노르드어 alfr에서 유래했고 현대 영어 elf와 관련된 단어 Alf는 이 모든 언어에서 '요정elf', 즉 인간사에 영향을 미친다고 여겨진 초자연적 (그러나 신은 아닌) 존재의 의미를 담고 있다. 요정은 북부 유럽의 민간 신앙에서 한 부분을 차지했고, 신들의 '고급' 신화보다는 '저급' 신화에 속했다. 앵글로색슨 시대에 이 단어는 사람의 이름에서 앨프위네Ælfwine(요정-친구), 앨프베오르흐트Ælfbeorht(요정-밝은), 앨프레드Ælfred(요정-조언)처럼 복합어의 일부로 사용되었고, 이 이름들은 현대 영어에서 앨윈Alwyn/엘윈Elwin, 앨버트Albert, 앨프레드Alfred로 바뀌었다.

「대장장이」의 첫 번째 원고에서 주인공은 '대장장이의 아들 앨프레드'라고 불렸다. 엄밀히 말하자면 대장장이의 이름은 앨프위네Ælfwine(요정-친구)가 더 적합했을 것이다. 반면 앨프레드(요정-조언)는 대장장이에게 별을 양도하도록 조언한 왕에게 더 적합했을 것이다.

17 **"기다란 흰 모자"**

1967년 12월에 로저 랜슬린 그린에게 보내는 편지에서 톨킨은 이렇게 썼다. "[…] 머튼[그가 재직한 옥스퍼드의 한 대학]이 [그 이야기에] 등장하네. 현재 대학 식당의 감탄스러운 작은 요리사(아주 긴 모자를 쓴)가 적어도 그 상으로 보면 앨프의 모델이라네."(『편지들』, 299번 편지)

22 **"그건 마술별fay입니다."**

fay는 '마법, 마술적 힘을 소유한'을 뜻한다.

결문

91 **"「요정이야기에 관하여」"**

「요정이야기에 관하여」는 1939년에 스코틀랜드의 세인트앤

드루스대학교에서 매년 열리는 앤드루 랭 강연에서 처음 발표되었다. 톨킨은 『찰스 윌리엄스에 바친 에세이』라는 기념 논문집에 수록하기 위해 이 에세이를 확장했다. 윌리엄스의 때 이른 사망 후 그를 위한 기념 논문집으로 기획된 이 논문집은 C.S. 루이스에 의해 출간되었다. 「요정이야기에 관하여」는 단편 소설 「니글의 이파리」와 함께 1964년에 『나무와 이파리』에 포함되어 출간되었다. 이 책 전체가 1966년 『톨킨 독본』에 별도로 포함되어 다시 인쇄되었다. 1983년에 크리스토퍼 톨킨이 편집하고 출간한 『괴물과 비평가 그리고 다른 에세이들』에 포함되었다.

톨킨은 요정fairy이라는 단어의 진정한 의미를 확립하는 데 깊은 관심을 느꼈다. 「요정이야기에 관하여」의 각주(『괴물과 비평가』, 111쪽)에서 그는 daoine sithe(고대 아일랜드어), tylwyth teg(웨일스어), huldu-fólk(독일어)를 언급한다. 아일랜드어이자 스코틀랜드 게일어이고 망크스어인 Sídhe는 요정의 언덕, 요정 종족의 거주지를 뜻하며, 더 나아가 별세계(다른 세계) 혹은 지하 세계를 뜻한다. 그에 해당하는 웨일스어는 Annwfn이고 종종 '지하 세계'로 번역된다. 요정은 아일랜드어로 daoine sidhe '언덕의 사람들'이라 불리고, 웨일스어로는 y tylwyth teg '아름다운 종족'이라 불린다.

초자연적 능력을 가진, 인간이 아닌 존재가 인간 세계에 존재한다는 강한 믿음은 19세기와 20세기 초 영국과 아일랜드의 시골 전역에서 찾을 수 있다. 그런 믿음을 조사하고 그런 믿음이 표현된 민간 설화와 민간 속담, 민간 관습(잠들기 전에 우유가 든 냄비를 문간에 두는 것 같은)을 수집하는 것은 민속학 연구의 새로 발전된 분야에서 관심의 초점이었다.

96 **클라이드 킬비**

1964년에 톨킨은 미국 일리노이주 위튼대학의 클라이드 킬비 교수와 교류하게 되었고 그 이후에 간간이 편지를 주고받았다. 당시 위튼대학은 C.S. 루이스, J.R.R. 톨킨, 찰스 윌리엄스, 오웬 바필드, 도로시 L. 세이어스, 조지 맥도널드, G.K. 체스터튼을 중점적으로 다루는 연구소와 원고 소장품 보관실을 세우는 과정에 있었고, 그것은 웨이드 센터가 되었다. 1967년 11월『큰 우튼의 대장장이』가 출간된 직후에 킬비는「대장장이」원고를 구입할 수 있을지에 대해 톨킨에게 문의했다. 그에 대한 답변으로 톨킨은 미국의 킬비에게 초안들과 초고 필사본에 대해 설명했고, 그 이야기를 쓰게 된 경위를 회상하여 전했다. 위튼대학이 원고의 값을 지불할 수 없어서 킬비는 유감스러워했고, 그 원고는 결국 옥스퍼드 보들리언 도서관의 서양 원고 부서의 톨킨 컬렉션에 소장되었다.

97 **"큰 케이크"**

이 원래의 제목은 톨킨이 쓰다가 중단한 『황금 열쇠』 서문의 마지막 부분에서 소개한 케이크에 대한 착상에서 비롯되었다. 최종 원고에서 제목이 '큰 우튼의 대장장이'로 바뀐 것은 톨킨의 관심의 초점이 케이크에서 소년에게로 옮겨졌음을 보여 주고, 또한 (케이크가 어떤 개념을 상징하는) 알레고리에서 (평범한 인간이 요정의 땅에 발을 들이고 그곳에서 발견하는 것에 대한) 요정이야기로 전환되었음을 시사한다. 그리 명백하지는 않지만, 여기에는 그 이야기 외부의 이야기들과 작가들에 대한 암시가 포함되어 있다.

톨킨은 손자 마이클 조지에게 보낸 편지에서 제목의 '대장장이Smith'는 "우드하우스Woodhouse[Wodehouse]의 초기 작품이나 《BOP[소년 잡지]》에 실리는 이야기를 연상시킬 의도"(『편지들』, 290번 편지)였다고 썼다. P.G. 우드하우스Wodehouse의 초기 소설 네 권은 주인공 루퍼트 스미스Rupert Smith("Psmith"라는 철자로 적혀 있다)의 우스꽝스럽고 불운한 사고를 묘사한다. 『도시의 스미스』(1910)의 남학생으로 시작한 주인공은 『저널리스트 스미스』(1915), 『스미스에게 맡겨라』(1923), 『마이크와 스미스』(1935)를 거치며 전형적인 우드하우스의 주인공으로 성숙해 간다.

독자층이 자명한 《소년 잡지》에 매주 8~10면으로 발행되는 잡지였다. 종교 책자 협회에서 발간한 그 잡지는 1879년부터 1967년까지 계속 발간되어 유독 긴 역사를 갖게 되었다. 각 호마다 과학, 자연사, 수수께끼, 학교와 모험 이야기, (토머스 에디슨과 찰스 다윈처럼) "많이 언급되는 사람들"의 짧은 전기뿐만 아니라 쥘 베른, 앨저넌 블랙우드, 아서 코난 도일 경과 G.A. 헨티 같은 인기 있는 작가들의 단편이나 연작 소설을 실었다.

톨킨의 제목은 영국 소설의 충실한 지지자들에 대해 농담조로 경의를 표한 것이었고 이야기의 맥락에서 진지하게 받아들여지도록 쓴 것이 아니었음은 거의 분명하다.

98 **"유리보다 매끄러웠다**Slidder than glass"

Slidder는 지금은 폐어가 된 옛 형용사로 '미끄러운, 그 위에서 쉽게 미끄러지는'을 뜻한다. 이 단어는 slidan '미끄러지다'에서 나온 고대 영어 slidor에서 파생되었다. 이 단어가 최초로 사용된 기록은 8세기나 9세기 초에 앵글로색슨어로 쓰인 「룬 시」 29번, Is by oferceald unȝemetum slidor["얼음이 몹시 차갑고 한없이 미끄럽다"]이다. 톨킨이 보여 준 용례와 더 가까운 예는 브룬네 출신의 로버트 맨닝이 1303년경에 쓴 중세 영어 텍스트 「Handling Synne」(죄의 교본)에 나오는데, brygge[다리bridge]가 "as sledyr as any glas[유리처럼 미끄럽다]"라고 묘사된다.

98 **"블랙프라이어스에서 낭독한 원고"**

이 행사는 블랙프라이어스의 수도원장 비드 베일리 신부와 퓨지 하우스의 (톨킨이 잘못 기록한 대로 관장Master이 아니라) 학장Principal 휴 메이콕 신부가 공동으로 주관한 것으로 "신앙과 문학"에 관한 강연 시리즈의 일부였다.

블랙프라이어스는 학부와 석사 과정에서 로마 가톨릭 신학을 연구하기 위한 도미니크 수도원이자 옥스퍼드대학교의 영구 사설관이다. 그곳에서 퓨지 가를 가로질러 바로 맞은편에 있는 퓨지 하우스는 옥스퍼드 운동의 대표자였던 에드워드 퓨지 박사에 대한 기념관으로 1884년에 개관했다. 퓨지 가와 세인트자일스가의 모서리에 위치한 퓨지 하우스는 영국 국교회를 로마 가톨릭 교회에 더 근접하게 하고 영국 국교회에 가톨릭의 생명과 간증을 복원하는 데 노력에 헌신했다.

블랙프라이어스의 수도원장과 퓨지 하우스의 학장이 로마 가톨릭 신자이자 옥스퍼드대학교 공동체의 일원인 톨킨에게 그들의 강연 시리즈의 일부를 맡아 달라고 초대한 것은 놀랍지 않다. 하지만 그렇게 초대받은 톨킨이 강연을 하는 대신 자기 이야기를 낭독한 것은 놀라웠을 것이다. 그는 서두에서 그 이야기에는 "시Poetry, 대문자 P로 시작하는 시에 대한 고찰과 관련된 요소, 혹은 어떤 사람들이 그렇게 여길 요소가 포함되어 있다"고 언급하며 강연 대신 이야기를 낭독한 것을 정당화했다. 톨킨이 이런 식으로 강연을 대신했던 선례가 있었다. 1938년에 우스터대학의 학부생 학회에서 요정이야기에 관한 강연을 해 달라고 초청받았을 때 톨킨은 강연 대신 당시 아직 발표되지 않았던 단편 소설 「햄의 농부 가일스」를 청중들에게 낭독했다.

105 **"'현대 아이들'에게는 그 이야기가 부적합하다"**

아마 윌리엄스는 책의 판형(초판본은 F. 원 앤드 컴퍼니에서 발간한 베아트릭스 포터의 동화책 원본보다 크지 않았으므로)을 보고 그 단편 소설의 의도와 대상 독자를 오해했을 것이다. 현대의 아이들이든 아니든 그 작품이 아동용이 아니라는 것을 톨킨은 로저 랜슬린 그린에게 쓴 편지에서 힘주어 분명히 밝혔다. "그 짧은 이야기는 (물론) 아동을 대상으로 쓴 것이 아닙니다! 이미 '상실'의 예감으로 이미 슬픔을 짊어진 노인의 책이지요."(『편지들』, 299번 편지)

'이야기의 기원'

111 **G. 맥도널드**

조지 맥도널드(1824~1905)는 빅토리아 시대 소설가이자 평신도 설교가로서 아동을 위한 그리고 아동에 대한 많은 판타지를 썼다. 그의 작품에는 『공주와 고블린』, 『공주와 커디』, 『북풍의 뒤편에서』뿐 아니라 성인을 위한 두 편의 철학적, 정신적 판타지 『릴리스』와 『몽상가』 등이 있다. 그는 또한 요정이야기를 많이 썼는데 그중 『황금 열쇠』가 가장 유명하다.

111 **『황금 열쇠』, "아동용 '동화'"**

톨킨과 판테온 북스 사이에 오간 편지들을 보면 출판사에서 그 책을 아동용 도서로 낼 의도였음을 암시하는 것은 없다. 1964년 9월 2일에 톨킨에게 처음 보낸 편지에서 마이클 디 카푸아는 『황금 열쇠』의 서문을 써 달라고 톨킨에게 요청했다. 톨킨은 9월 7일에 그것에 동의하고 마감일을 묻는 답장을 보냈다. 디 카푸아는 1964년 9월 23일에 다시 편지를 썼다.

> 이 책이 맥도널드가 "요정이야기"라고 부른 이야기의 삽화본이더라도, 서문에서 어린 독자를 상대로 말할 수 없으리라는 점에 동의하십니까? 귀하께서 가상의 아이에게 말씀하고

> 싶으시다면, 저는 기꺼이 받아들이겠습니다. 그러나 그런 맥락에서 이 이야기에 대해 쓰려면 귀하께 방해가 되지 않을까 싶습니다. 맥도널드의 성인 독자를 상대로 이야기하는 편이 가장 만족스럽다고 여기실 것 같습니다. 귀하께서 하시려는 말씀을 이해할 수 없는 아이가 있다면 그냥 서문을 건너뛰면 된다고 가정할 수 있지요. 하지만 다시 말씀드리자면 그 선택은 귀하께 맡깁니다.

앞서 오간 편지에서 어린 독자에 관한 문제가 언급된 적이 없으므로 (실은 그런 문제를 완전히 배제하는 듯이 보였으므로) 이 문제는 기록이 남지 않은 전화나 대면 대화에서 제기되었을 테고, 디 카푸아의 편지는 그것에 대한 대답일 것이다.

112 **"그 기획이 좌절되어"**

결국 『황금 열쇠』는 판테온 북스에서 출간되지 않았다. 1966년에 마이클 디 카푸아는 랜덤하우스에서 파라 스트라우스 앤드 지로 출판사로 이직했고 맥도널드 기획을 가져갔다. 이 책은 1967년에 파라 출판사에서 출간되었고 모리스 센닥의 삽화와 W.H. 오든의 결문이 실렸다. 책 표지에는 톨킨의 에세이 「요정이야기에 관하여」에서 인용한 문장이 특별히 포함되었다. "마법적인 것, 곧 요정이야기는 [···] 미스터리의 도구가 될 수도 있다. 조지 맥도널드의 시도는 최소한 이것으로 이것으로 볼 수 있는데, 그는 (스스로 동화라고 불렀던) 『황금 열쇠』처럼 성공을 거둘 때 […] 힘과 아름다움이 있는 스토리들을 만들어 냈다."

112 **"1954년 10월 9일 자 잭의 편지"**

'잭'은 톨킨의 벗이자 옥스퍼드 동료였던 C.S. 루이스였고, 1963년 11월에 사망했다. '잭의' 편지가 인용된 '최근의 편지 모음집'은 루이스의 『미국인 여성에게 보낸 편지』였고, 클라이드 킬비가 편집하여 1967년 윌리엄 B. 에르드만 출판사에서 출간했다. 1954년 10월 9일에 루이스는 '미국인 여성' 메리 윌리스에게 다음과 같이 썼다.

> 아일랜드의 많은 지역에서는 아직도 요정들—Shidhe(쉬라고 발음되는)의 주민들—을 믿고 몹시 두려워합니다. 나는 라우스 주의 아름다운 방갈로에 머물렀는데 그곳의 숲에 유령 **그리고** 요정 들이 출몰한다고 하더군요. 그런데 주민들이 그 숲에 얼씬도 하지 않는 것은 요정 때문입니다. 그 사실은 사람들이 어떻게 생각하는지를 알려 주지요. 요정이 유령보다 훨씬 무섭다는 것입니다. 도니골 남자가 어느 날 밤에 해변에서 집으로 걷고 있을 때 한 여자가 바다에서 올라왔는데 "그

녀의 얼굴이 흐릿한 금빛이었다"라고 내가 아는 목사에게 말했답니다. 나는 어느 환자가 감사의 표시로 의사에게 선물한 레프러콘의 신발을 본 적이 있습니다. 부드러운 가죽으로 만들어졌고 밑창이 조금 닳았는데 내 검지만 한 길이에 넓이도 검지보다 넓지 않았지요. 그러나 우스꽝스럽거나 명랑한 생명체에 대한 생각은 머릿속에서 지워 버리세요. 그들은 몹시 무서우니까요. 그들이 '선량한 종족'이라 불리는 것은 그들이 선량해서가 아니라 그들을 달래기 위해서입니다. 나는 셰익스피어의 작은 요정을 (잉글랜드나 아일랜드에서) 믿거나 믿었던 사람들을 단 한 번도 본 적이 없습니다. 작은 요정이란 순전히 문학적으로 지어낸 것이지요. 레프러콘은 인간보다 작지만 대개의 요정은 인간과 같은 크기이고 일부는 더 큽니다. (『루이스』, 32쪽)

레프러콘의 신발에 관한 루이스의 일화에 대한 희한한 결말은 1992년 "톨킨 100주년 학회"의 기념 책자에서 찾을 수 있다. 여기서 캐넌 노만 파워는 1938년에 우스터대학 러브레이스 학회의 모임(위에서 언급한 톨킨이 「햄의 농부 가일스」를 낭독한 모임)에서 톨킨과 보낸 저녁 시간을 묘사한다. 캐넌 파워는 이렇게 썼다.

긴 저녁 시간이 지나며 친목의 잔이 돌았고 혀들이 풀리며 우리 모두 더 느긋하고 쾌활해졌다. 논의의 주제는 용과 요정 나라 생명체들의 실체에 대한 것이었다. 톨킨은 용에 관한 전 세계적 관심 이면에는 무언가가 실제로 존재하고 있음이 틀림없다고 많은 학식과 풍부한 문학적 증거를 동원하여 주장하면서 나를 즐겁게 해 주었다. 다른 존재들에 대한 질문을 받자 톨킨은 […] 자기 호주머니 속을 털어 냈다. 놀라운 잡동사니들이 내 옆의 바닥에 쌓였는데, 빌보나 간달프가 자랑스럽게 간직했을 것들이었다. 큰 실뭉치에 뒤엉켜 있는 초록 신발을 톨킨이 빼냈다. 27.5센티미터 길이에 뾰족하고 기이한 신발이었는데 인형의 신발로는 너무 컸다. 나는 그것에 손을 대 보았다. 뱀이나 도마뱀 같은 동물 가죽의 느낌이었다. 톨킨은 그것이 레프러콘의 신발이라고 단호하게 진지해 보이는 태도로 말했다. (『100주년 기념 책자』, 9~10쪽)

톨킨의 『황금 열쇠』 서문 초고

120 **"화폭의 테두리", "그림을 끼운 액자"**

여기서 톨킨의 이미지는 「니글의 이파리」의 끝부분에서 니글이 처음으로 캔버스의 테두리 너머로 '흐릿하게 흘긋 보이는 아득히 먼 곳'과 지금까지 드러나지 않았던 양옆의 지역들, 그의 나무가 서 있는 시골 풍경을 처음으로 볼 때 예시된 개념을 두드러지게 연상시킨다. 톨킨은 「요정이야기에 관하여」에서 거의 비슷한 요지로 주장하고, 꿈을 서술하는 관습적인 서사는 "좋은 그림"을 "일그러진 액자"에 넣는 것이라고 비판한다. 잠들었다가 깨어나는 서사 구조는 일그러진 액자이다. 그것은 깨어날 때 꿈속의 경험을 '고작' 꿈에 불과하다고 묵살함으로써 꿈꾸었던 경이로운 내용을 부정하기 때문이다. 이런 생각은 「노션 클럽 문서」의 첫 부분에서 가장 폭넓게 다루어졌다. 거기서 클럽 회원들은 작가들이 시간 여행이나 공간 여행을 설정할 때 사용하는 여러 가지 임의적인 "액자" 장치의 적합성을 논의하고 비판한다(『사우론 패배하다』, 163~170쪽).

「연대표와 인물」

125 "연대표와 인물" 계획표는 세 가지 상태로 남아 있다. 제일 처음에 만든 표는 자필 원고 세 장으로 되어 있고, 그중에 가장 개략적인 장은 1000년 "할아버지 요리사 출생"에서부터 1120~1121년 "큰 파티 앨프가 떠나고 호너를 최고 요리사

로 남기다"로 끝나는 사건들을 연年 단위로 간략하게 열거한다. 여백에 적힌 많은 메모들은 이어지는 사건들을 서술하고 확대한다. 그 원고의 바닥에, 이야기가 전개되는 시점의 대장장이 가족들의 나이를 알려 주는 짧은 목록이 다음과 같이 나온다.

대장장이 51
아내 51
낸 26
네드 28

톨킨은 이 페이지의 위에서 바닥까지 줄을 그어 지웠다. 지우지 않은 두 번째 장은 대체로 "늙은 할아버지 요리사"와 그 가족의 역사를 서술한 메모로 구성되어 있다. 세 번째 장은 그 역사를 그 마을과 그곳의 수공업으로 확대한다. 세 장 모두 동일한 필체로 이어지고 같은 시간에 작성된 듯이 보인다.

타자로 작성된 두 번째 "연대표"는 잉크로 수정하고 교정된 부분이 있고 세 번째 최고 요리사의 이름이 '호너'에서 '하퍼'로 바뀌었다. 이 이름의 변화에서 음악과의 연관성은 그대로 유지된다. 톨킨은 이 인물이 이야기에서 아무 역할도 하지 않지만 음악가가 되리라는 점을 명확히 밝혔다. 어느 주석에서 호너horner는 "호른 연주자"의 명칭이지, 다른 수공업에서 목재나 돌을 재료로 작업하듯이 뿔horn을 가지고 작업하는 사람이 아니라고 명시한다. 정서된 세 번째 타자 원고에서도 바뀐 이름이 계속 쓰였고, 그 원고가 이 책에 실렸다.

「큰 우튼의 대장장이」 에세이

141 **"이 짧은 이야기는 '알레고리'가 아니다."**
톨킨은 알레고리를 싫어한다고 매우 확고하게 수차례 말했기 때문에 그 선언이 너무 지나친 항의가 아니었는지 살펴보고 싶은 유혹을 느끼게 된다. 『반지의 제왕』 제2판 서문에서 그는 다음과 같이 썼다.

> 나는 어떤 방식이든 알레고리를 정말로 싫어하며, 나이가 들어 그것의 존재를 간파할 수 있을 만큼 조심스러워진 뒤로는 항상 그래 왔다. 나는 독자들의 사고와 경험에 대해 다양한 적용 가능성을 지닌 역사를 (그것이 사실이든 허구이든) 더 좋아한다. 많은 사람들은 '적용 가능성'과 '알레고리'를 혼동한다. 전자는 독자의 자유에 근거하고 있지만, 후자는 작가의 의도적인 지배에서 비롯되는 것이다.

톰 시피가 지적했듯이 사실 톨킨은 알레고리를 효과적으로 빈번히 사용했다. 그의 에세이 「베오울프: 괴물과 비평가」에서 알레고리를 두 번 사용했는데, 한 번은 『베오울프』 연구의 시작을 잠자는 공주의 요정이야기(시)로 묘사하면서 포에지Poesy를 제외한 모든 요정이 그 아이의 세례식에 참석하는 장면을 그려 냈고, 또 한 번은 그 시의 알레고리로 탑을 묘사했다. 그가 싫어하고 거부한 것은 '도덕적' 알레고리(그가 이 이야기의 기원을 클라이드 킬비에게 설명한 부분에서 C.S. 루이스에 관한 언급을 보라), 즉 2차원적 의미가 도덕적이거나 윤리적 또는 종교적, 정치적 입장과 관련된 알레고리였던 듯하다.

그럼에도 불구하고 그는 「대장장이」에 매우 달콤한 케이크라는 첫 번째 착상을 넘어선 수준의 알레고리가 있다는 것을 인정하고 그 단편 소설에 관한 에세이에서 설명한다. 이것은 시피가 제안한 문헌학적 알레고리는 아니다. 시피는 학자이자 환상작가인 톨킨을 대장장이로, 회의적인 노크스를 비평가적 인물로, 최고 요리사를 문헌학자적 인물로 해석한다. 그러나 톨킨은 마을 회당을 마을 교회로, 요리사를 목사로, 요리를 개인적 신앙이자 기도로 제안했다. 그럼에도 이런 차원의 의미는 너무나 희미해서 거의 보이지 않을 정도이다. 결국에는 알레고리, 즉 "작가의 의도적인 지배"보다 톨킨이 선호한 "독자의 자유에 근거"하는 적용 가능성을 받아들이는 편이 더 쉬울 것이다.

145 **"오, 몇 년의 시간만큼 위대한 몇 분이여!"**

키츠의 「히페리온」 64행 "오, 가슴 아픈 시간이여! 오, 몇 년의 시간만큼 충만한 순간이여!"를 잘못 인용했거나 바꾸어 표현한 부분. 이 부분을 지적해 준 더그 앤더슨에게 감사를 표한다.

146 **Fairy > Faërie > Fayery > Faery**

이 단어의 철자를 톨킨이 외견상 일관되지 않고 특이하게 표기한 것을 정리하려면 어원을 조금 알아야 도움이 될 것이다. 현대 영어 fairy는 중세 영어 faerie에서, 그리고 이 단어는 고대 프랑스어 faerie/faierie '마법에 걸린 상태'에서 유래했고, 또 이 단어는 다시 fae '요정'에서 유래하였는데, fae는 라틴어 fāta '운명의 여신들'에서 발전했고 이 단어는 fātum '운명'의 복수형이다. 다시 fātum은 fāri '말하다'의 중성 과거분사이다. 그래서 Fate(운명)란 이를테면 저주나 축복처럼 "말해진, 이야기된 것"이다. 그 파생어 fairy는 요즘 '요정이야기'라는 전통적인 구절이 내포하는 것보다 훨씬 어두운 의미를 함축했다.

톨킨은 중세 영어의 철자와 용례를 선호했을 뿐 아니라 더 어두운 의미를 분명 선호했다. 그는 현대 영어에서 관습적으로 사용되는 단어 fairy는 원래의 복합적이고 강력한 의미와 단절되어 가치가 떨어졌다고 느꼈다. 그가 옛 철자를 선택한 것은 그 단어에서 귀엽고 연약하고 작은 요정을 가리키는 현대적 의미를 떼어 내어 오래전 과거에 함축했던 다분히 어두운 의미로 되돌리기 위해서였다. 톨킨의 어휘에서 이 단어는 본래 요술을 걸거나 주문을 외울 때처럼 특히 발화된 말로 "마법에 걸린 상태"를 뜻했다.

「요정이야기에 관하여」에서 그는 이 단어를 Faërie로 표기했다. 「대장장이」의 초기 원고들에서는 초서가 「바스의 여장부」에서 사용했던 철자에 가까운, 수정된 중세 영어 철자 'Fayery'를 사용했다. 여장부는 자기 이야기를 다음과 같은 언급으로 시작한다.

In th'olde dayes of the Kyng Arthour,
Of which that Britons speken greet honour,
Al was this land fulfild of Fayerye.
브리튼 사람들이 자랑스럽게 여기는
명예로운 아서 왕의 시절에
이 땅은 온통 Fayerye로 가득했다.

톨킨은 여장부의 말에 동의했을 것이다. 「요정이야기에 관하여」에서 그는 "아서의 궁정에서 벌어지는 선과 악의 스토리야말로 […] '요정이야기'이다"라고 말했다.

『대장장이』에서 톨킨은 초서의 철자에서 중간 y와 마지막 e를 빼고 간단히 Faery로 만들어 사용했다. 늙은 노크스가 그 단어를 쓸 때는 일관성 있게 'Fairy'로 표기되지만 이야기의 화자뿐 아니라 대장장이와 여왕, 앨프가 사용하는 표준적인 철자는 'Faery'라는 것을 주목할 가치가 있다(Fairy는 '요정'으로, Faery는 '요정나라'로 구분해 표기했다—편집자 주).

149 **노크스**Nokes

톨킨은 노크스라는 이름을 대장장이나 방앗간네 같은 전형적인 직종명과 구분하기 위해 '지리적' 특징을 부여한다. 어원학적으로 이 단어는 실제로 '참나무oak 옆에 사는 것'을 뜻하지만 톨킨이 알고 있었듯이 바보나 멍청이, 무지한 사람을 가리키는 전형적인 이름이기도 했다. 이 이름과 유형은 그의 작품에서 적어도 한 번, '강변마을의 노크스Noakes 노인'으로 비슷하게 등장한다. 『반지의 제왕』의 첫 장에서 호빗들이 '담쟁이 덩굴'에 모여 나누는 설명적 대화에 끼어드는 이 노크스는 프로도가 "그 멀리 노릇골 […] 이상한 사람들뿐"인 곳에 사는 강노루 집안과 인척 관계라는 것을 몹시 수상쩍게 여긴다. 강노루 집안에 대한 의심 때문에 그들을 쉽사리 나쁘게 생각했다는 것은 그가 프로도의 부모가 물에 빠져 죽었다는 이야기에 덧붙인 말에서 입증된다. "내가 듣기로는 여자[프로도의 어머니]가 남자[프로도의 아버지]를 밀었고, 남자가 여자를 잡아당겼다던데요." 이름 그 자체 때문에 판단력이 의심되는 노크스는 분명 강 건너 외지인들에 대해서라면 아무리 충격적인 이야기라도 믿을 수 있다고 생각한다. 실은 흥미진진한 이야기일수록 더 좋다. 호빗골의 많은 주민들과 마찬가지로 (실은 빌보와 프로도, 샘, 메리와 피핀을 제외한 거의 모든 호빗들과 마찬가지로) 노크스는 편협한 데다 타지에 대한 공포증이 있고 이미 아는 사람이 아니면 누구든지 즉시 불신한다. 까끌이네 테드와 함께 노크스는 상상력이 없고 의심이 많은 유형의 호빗을 대변한다. 그에 대응하는 인물은 요정을 보고 싶어 하는 낭만적 욕구를 가진 감지네 샘이다. 그러므로 Nokes/Noakes 라는 이름은 완고한 무지와 편견을 대변하는 일종의 약칭으로 쓰인다.

153 **우튼Wootton과 월튼Walton과 숲Wood**

「대장장이」에 나오는 마을의 이름은 어원학적으로 모두 숲(wood 또는 forest)과 관련되어 있고, 이야기에서 숲은 의도적으로 마을과 가까운 곳에 설정되어 있다. 큰 우튼은 서쪽숲의 언저리에 가깝다. 대장장이의 할아버지 라이더의 고향인 작은 우튼은 숲의 경계 안에 있는 개척지 마을이다. 대장장이의 할머니 로즈 생스터의 고향 월튼은 숲속으로 더 깊이 들어간 곳에 있다. 큰 우튼과 작은 우튼의 지명은 고대 영어 wudu-tun, "숲속 또는 숲 옆의 TŪN[마을town]"에서 유래한다. 월튼이라는 지명은 고대 영어 W(e)ald-tun, "숲속 또는 고원 지대의 TŪN[마을]"에서 유래했을 것이다.

톨킨은 월튼의 두 번째 의미를 염두에 두었을 수 있다. 이 단어의 구성요소 wal은 w(eald)가 아니라 게르만어 walh 또는 wealh에서 유래했다고 볼 수 있기 때문이다. '외국인'으로 번역되는 이 단어는 앵글로색슨족 침략자들이 켈트어의 일종인 Brittisc[브리튼어]를 사용한 원주민에게 붙인 단어였다. 시간이 지나면서 이 게르만어와 파생어는 브리튼어 및 브리튼 사람과 동의어가 되었고, 결국에는 그 용어들을 대치했다. 그러므로 월튼이라는 지명은 Wealas, 즉 당시 브리튼어나 Wælisc 언어(현대의 웨일스어)를 사용한 사람들의 마을[tun]을 뜻할 수 있다. 버밍엄에서 톨킨이 성장한 지역 근방에 현재 자리 잡고 있는 네 곳의 월튼은 앵글로색슨족의 정착 이후에 웨일스어를 쓰는 사람들이 살고 있었다는 증거가 될 수 있다. 이런 사정을 톨킨은 틀림없이 알고 있었을 것이다. 그런데 '숲'과 '웨일스어'라는 두 가지 의미는 상호배타적이지 않고 실은 관련되어 있을 것이다. 톨킨이 월튼을 숲속 깊은 곳에 설정한 것이

켈트 설화에서 깊은 영향을 받은 그의 요정나라와의 긴밀한 근접성과 친숙함을 암시하려는 의도였다는 점에서 그러하다.

켈트족의 신화, 특히 아일랜드와 웨일스의 신화는 전통적으로 다른 세계를 서쪽에, 때로 바다 건너나 지하에 설정하지만 숲속에 설정하는 경우도 흔히 있다. 톨킨이 요정나라에 들어가는 입구로 숲을 선호한 것은 웨일스의 『마비노기온』(중세 기사도 이야기집—역자 주)의 제1부 「프윌」을 잘 알고 있었던 덕분일 것이다. 그 이야기의 시작 부분에서 디버드Dyfed의 영주인 프윌은 숲으로 사냥을 나갔다가 숲속 빈터에서 안눈Annwfn(웨일스의 다른 세계)의 왕 아라운Arawn과 마주친다. 둘은 몸을 서로 바꾸어 프윌은 이듬해를 안눈에서 보내고 아라운은 디버드를 통치한다.

톨킨의 개인 서재 목록에는 『마비노기온』의 두 가지 중세 원고 「레데르흐의 하얀책」과 「헤르게스트의 붉은책」을 원문 그대로 옮겨 적은 필사본이 포함되어 있다. 그는 「프윌」을 스스로 옮겨 적고 부분적으로 번역했다. 「프윌」에 붙인 주에 '안눈Annwfn'의 어원에 대한 검토도 있다.

161 **세저**Sedgers, **크루서**Crowthers

이 단어들은 이야기꾼과 바이올린 연주자를 가리키는 고어이다. 현대의 독자들이 이 용어를 알지 못할 터이므로 이 단어들이 쓰인 것은 대체로 고풍스러운 효과를 얻기 위해서인 듯하다. 하지만 사실 sedger의 동사형은 톨킨이 알고 있었다시피 20세기 초 몇십 년간 잉글랜드의 외진 지역에서 사용되었다. 그는 1928년에 출간된 월터 E. 헤이의 『허더즈필드 지역의 신 방언 사전』에 서문을 써 주었는데, 그 방언 목록에 중세 영어 seggen, 고대 영어 secgan '말하다'에서 유래한 sē, 과거분사 sed '말하다, 이야기하다'가 열거되어 있다.

톨킨은 케네스 시섬의 『14세기 시와 산문』에 첨부된 자신의 어휘 사전 『중세 영어 어휘 사전』을 작성하면서 그런 고어를 자세히 알고 있었다. 그의 에세이에서와 마찬가지로 여기서 톨킨은 seggers(중세 영어 segge(n) '말하다')를 '전문적인 이야기꾼'으로 풀이하였고, crouders를 '바이올린 연주자fiddlers'(중세 영어 croud, crouþ, 웨일스어 crwth, '바이올린 fiddle')로 설명했다. 그의 『오르페오 경』의 중세 영어 교정본에는 crouders라고 적혀 있지만 그 시를 현대 영어로 옮길 때 crouders를 fiddlers로 바꾸었다.

이 두 단어가 그의 에세이에서 음악가로 열거되어 있음에도 crowthers는 어떤 점에서 fiddlers와 다르다. 두 악기는 비교할 만하지만 정확히 똑같지는 않다. fiddle은 단어로나 악기로나 무엇인지 명백하고 지금도 사용되지만, 『옥스퍼드 영어 사전』은 현재 폐어가 된 단어 crowd를 마찬가지로 폐기된

켈트족의 비올 비슷한 악기로 정의한다. 초기에는 현이 세 줄이었으나 나중에 여섯 줄이 되었고 그중 네 줄은 활로, 두 줄은 손가락으로 뜯어서 연주했다. 어원에도 차이점이 있는데, croud는 켈트어에 기원을 두고 있고 fiddle은 게르만어에서 유래한다. 톨킨은 둘 다 원했음이 분명하다.

고풍스러운 단어들은 그의 마음속에 시공간의 전체적인 느낌을 설정하는 데 도움이 되었을 것이다. 그의 에세이는 "그리 오래전도 아니었고, […] 아주 멀리 떨어진 곳도 아니었"던 이야기의 서두보다 더 명료하지 않은 "동력 기계가 출현하기 이전"의 "상상의 (그러나 영국의) 시골"을 배경으로 설정한다. 따라서 12세기나 13세기의 넓은 시간대가 주어지고 이야기는 시간 속에서 떠돌게 된다. 고풍스러운 단어들은 이야기를 14세기 이전이나 그 근처에 고정시키는 효과를 준다. 고어들을 이야기 자체가 아니라 곁들이 에세이side-essay에 포함시킨 것은 톨킨이 눈물의 호수 일화에서 slidder를 삭제한 것과 일맥상통하는 듯이 보인다. 본 이야기의 쉬운 언어는 그 나름의 세계를 창조하고 시기가 아닌 주제에 관심을 집중시킨다. 반면에 에세이에서는 고어들을 도입함으로써 시골의 고립된 배경이나 역사적 시각에서 돌아본 먼 옛날의 요원함을 전달한다.

162 **요정나라에 대한 톨킨의 관점**

톨킨이 본 이야기에서 묘사하고 덧붙인 에세이에서 설명한 요정나라의 성격은 어떤 면에서 보면 일찍이 「요정이야기에 관하여」에서 논의한 것과 상반된다. 이 에세이에서 톨킨은 "만약 요정들이 진짜라면, 또 정말로 요정들에 관한 우리들의 이야기와는 별도로 그들이 존재한다면, 다음의 사실 또한 명백한 진실이기 때문이다. 즉, 요정들은 기본적으로 우리와 관계가 없으며, 우리 또한 그들과 관계가 없다는 사실 말이다. 요정과 우리의 운명은 나뉘어 있으며, 둘의 길은 거의 만나지 않는다"라고 썼다. 그러나 이 이야기는 그가 덧붙인 에세이에서 명료하게 진술한 것, 즉 요정 종족은 "인간들에게 (꼭 제일 가는 관심은 아니더라도) 자비롭게 관심을 느낀다고 제시"되고 그 관계는 "사랑의 관계"이며 요정나라의 주민들은 "인간들과 궁극적인 연대감을 갖고 있고 인간들 전반에 대한 영속적인 사랑을 갖고 있"음을 보여 준다.

167 **"OHMS"**

On His/Her Majesty's Service('공용'이란 뜻으로 공문서의 송달을 표시하는 직인—역자 주). 영국 정부가 공적 서신을 표시하기 위해 사용한 식별 직인. 왕에게 적용할 때 그것은 그가 여기서 여왕의 밀사로서 여왕의 전갈을 대장장이에게 공식적으로 전달한다는 의미일 것이다.

178 **"교회는 '개혁'되었다. 더 '흥겨운' 날들에 대한 기억이 남아 있지만"**

이 부분에서 톨킨의 알레고리적 주장, 즉 공회당(교회)이 이제는 칠도 하지 않고 장식도 하지 않으며 오로지 실용적으로—"노래나 음악, 춤은 이제 포함되지 않는" 것으로 보건대 "개혁"되어—변했다는 주장은 프로테스탄트 개혁의 보다 극단적인 면을 가리킬 수 있다. 이런 면들은 교회의 장식을 막고 종교적 관례와 예배 형식에서 제의적 의례와 의식 거행을 엄격하게 축소시켰다. 또한 (찬송가를 제외한) 노래와 춤 등의 보다 세속적인 축하 행사와 오락을 금지했다. 다음 문장에서 그가 '더 흥겨운merrier' 날들의 기억을 언급한 것은 산업화 이전의 유토피아적 생활 방식을 떠올리는 '즐거운 잉글랜드Merry England'라는 표현을 연상시킨다. 그런 생활 방식이 이제는 상업 발달과 이윤 동기로 인해 파괴되었고, 에세이의 다음 문단에서 우튼은 그런 쇠락에 접어들었다고 언급된다. 또한 '흥겨운 날들'이라는 구절은 (아마도) 열악한 현재를 (또한 아마도) 더 나았고 그래서 더 즐거운 지나간 시간과 대조하기 위해 종종 사용되는 유명한 구절을 암시할 수 있다. 가령 올리비아는 『십이야』에서 "저급하게 꾸며 대는 것이 칭찬이라고 불린 이후에 즐거운 세상은 사라져 버렸어"라고 말하고, 『법에는 법대로』에서 어릿광대는 "고리대금업자 두 명 중에 명랑한 쪽은 깔아뭉개지고 더 악랄한 쪽이 법의 명령에 의해 몸을 덥힐 모피 가운을 받게 된 이후에 즐거운 세상은 사라져 버렸어"라고 말한다. 어디에나 적용할 수 있는 "즐거운 세상은 사라져 버렸어"라는 경구는 어떤 상황에든 응용할 수 있다. 가령 서포크 공작은 울지 추기경에 관해서 "우리에게 추기경이 생긴 후로 영국의 즐거운 날은 사라져 버렸소!"라고 언급했고, 더 완곡하게 "성경이 영어로 나오기 전에는 (그 가톨릭 신자가 말했다) 즐거운 세상이었소"라고 말했다.

혼합 원고

194 이 원고의 수기본은 이제는 알아볼 수 없는 연필 위에 잉크로 쓴 네 장의 초고를 부분적으로 옮겨 적은 것이 분명하다. 이 초고의 페이지 여백에 각 문단의 번호가 1부터 7까지 매겨져 있는데, 그 페이지에 문단이 쓰인 순서와 달리 적혀 있다. 번호를 붙인 것은 자필 정서본을 만들 때 문단들을 다른 방식으로 더 낫게 재배치하려는 계획이었음이 분명하다.

197 **"요정나라에서 부르는 그의 이름(별이마starbrow)"**

Gilthir를 문자 그대로 번역하면 '별이마starbrow'가 아니라 '별얼굴starface'일 것이다. 그 이름은 톨킨이 창안한 언어에서 유래한 단어 또는 복합어이다. 엘다린 조어Proto-Eldarin GIL-은 「어원집The Etymologies」('가운데땅의 역사' 5권, 『잃어버린 길』, 358쪽)에서 "빛나다"라고 설명이 붙어 있고 파생형 gîl은 '별'을 뜻한다. 신다린의 thir는 추적하기 어렵지만 페아노르의 넷째 아들의 이름 카란시르Caranthir(검은 얼굴)에서 볼 수 있다. thir의 어원은 언어학 저널 《비냐르 텡과르Vinyar Tengwar》 41호, 2000년 7월, 10쪽에서 다음과 같이, 즉 þir '얼굴'(<stīrē)로 제시된다. 이에 앞서 약간 다른 파생형이 「어원집」에서 "THĒ- 보다('보이다' 또는 '~인 듯하다')" 아래 제시된다. "N thîr (*thērē) 겉모습, 얼굴, 표현, 표정"('가운데땅의 역사' 5권, 『잃어버린 길』, 392쪽).

197 **"집에서는 대장장이의 아들 앨프레드라고 불렸다."**

타자 원고에서 대장장이는 그저 '소년'으로 불렸지만 수기 원고에서는 한결같이 앨프레드라고 언급된다. 반면 수기 원고에서 앨프로 불린 인물은 여기서 간단히 '도제'라고 불린다. 타자 원고의 한 가지 특이한 경우에서 드러나듯이, 이야기가 전개되면서 이름이 가리키는 대상이 바뀌었다. 3페이지에서 첫 번째 요리사가 '에드위'에게 작별 인사를 한다고 딱 한 번 묘사되는데, 그런 다음에 '에드위'에 줄을 그어 지우고 그 위에 '앨프'라고 적었다. 그러므로 톨킨은 초고 전체를 쓴 후 어느 시점엔가 이름을 통해서 도제를 요정나라와 연결시키려고 결정한 듯하다. '에드위'라는 이름은 다시 등장하지 않고, 다른 이름으로 대치되기 전에 잠시 동안만 고려했음이 분명하다. 에드위Edwy(또는 Eadwig. 이 이름은 '행복한 전쟁'을 뜻한다)는 955년부터 959년까지 웨섹스의 왕이었다. 그러나 톨킨이 웨섹스의 에드위를 가리키려는 의도는 없었을 터이므로 앵글로색슨어 Eadwine('축복-친구' 또는 '행복-친구')에서 유래한 Edwyn 또는 Edwin을 변형시켜 그 이름을 만들었을 것이다. 이 이름은 그것의 변형 형태인 Edwin 및 Audoin과 함께 누메노르의 몰락에 관한 두 편의 미완성 시간 여행 이야기, 「잃어버린 길」과 「노션 클럽 문서」에 의미심장하게 등장한다.

✦

## 옮긴이 소개

**이미애**

현대 영국 소설 전공으로 서울대학교 영문학과에서 박사 학위를 받았고 동 대학교에서 강사와 연구원으로 활동했다. 조지프 콘래드, 존 파울즈, 제인 오스틴, 카리브 지역의 영어권 작가들에 대한 논문을 썼다. 옮긴 책으로 버지니아 울프의 『자기만의 방』, 『등대로』, 제인 오스틴의 『엠마』, 『설득』, 조지 엘리엇의 『아담 비드』, 『미들마치』, J.R.R. 톨킨의 『호빗』, 『반지의 제왕』, 『위험천만 왕국 이야기』, 『톨킨의 그림들』, 캐서린 맥일웨인의 『J.R.R.톨킨: 가운데땅의 창조자』, 토머스 모어의 서한집 『영원과 하루』, 리처드 앨틱의 『빅토리아 시대의 사람들과 사상』 등이 있다.

# 큰 우튼의 대장장이

1판 1쇄 인쇄 2025년 2월 26일
1판 1쇄 발행 2025년 3월 26일

지은이 | J.R.R. 톨킨
옮긴이 | 이미애
펴낸이 | 김영곤
펴낸곳 | (주)북이십일 아르테

**책임편집** | 원보람 **문학팀장** | 김지연
**교정교열** | 박은경 권구훈 박현묵 **표지** | 김단아 **본문** | 박숙희
**해외기획팀** | 최연순 소은선 홍희정
**출판마케팅팀** | 남정한 나은경 최명열 한경화 권채영
**영업팀** | 변유경 한충희 장철용 강경남 황성진 김도연
**제작팀** | 이영민 권경민

**출판등록** | 2000년 5월 6일 제406-2003-061호
**주소** | (우10881) 경기도 파주시 회동길 201(문발동)
**대표전화** | 031-955-2100 **팩스** | 031-955-2151
**이메일** | book21@book21.co.kr

ISBN 979-11-7357-007-0 04840
979-11-7357-004-9 (세트)

책값은 뒤표지에 있습니다.

and said good-bye to ~~the~~ Apprentice; no one else was about. 'Good-bye for now, ~~Edwy~~ Alf,' he said. 'I leave you to manage things as well as you can. I hope things go well. If we meet again, I expect to hear all about it. Tell them that I've gone on another holiday, a long one I hope; and that when that's over I shan't be coming back'.

There was quite a stir in the village when ~~the Apprentice~~ Prentice gave this message to people that came to the Cook-house. 'What a thing to do!' they said. ~~'And he's never made a Great Cake; it's still four years to the next.~~ And what are we to do without any Master Cook?' ~~But~~ in all the arguments and discussions ~~that followed~~ nobody ever thought of making the young Apprentice into the Cook. He had grown a bit taller, but still looked like a boy, and he had only served for three years. In the end for lack of any better they appointed a man of the village, ~~who had a good name as a cook, in a private way,~~ though he was not much of a baker. He was a solid sort of man with a wife and children, and careful of money. 'At any rate he won't go off without notice' they said; 'and even a poor cooking is better than none'.

~~Albert~~ Nokes, for that was his name, was very pleased with the turn things had taken. For some time he used to put on the tall white hat when he was alone in the kitchen and look at himself in a polished frying pan ~~(there were no mirrors in the village)~~ and say; 'Good morning, Master Nokes! That hat suits you properly, makes you look quite tall. I hope things go well with you'.

They went well enough; for ~~Albert~~ Nokes was ~~indeed a respectable~~ Cook, and he had the Apprentice. But in due course the time for the Great Party began to draw near, and ~~Albert~~ Nokes had to think about making the Cake. ~~It worried him a bit~~, for although with ~~four~~ 7 years' practice he ~~had~~ could turn out